GLI INVISIBILI

LUIGI ARNALDO VASSALLO

PERCHÉ SCRIVO

Questo mio piccolo libro, denso di fatti e di ragionamenti, farà pensare.

Ogni pensiero susciterà dubbi d'ogni sorta: eppure l'anima mia, scrivendo, è sgombra d'ogni dubbiezza: la mente è tutta vibrante d'energia e di serenità, come se una primavera di luci, di verità, di bellezze ideali prorompesse gaia da tutte le misteriose profondità dell'essere, infondendomi una gioia di vita interiore che non saprei descrivere.

Giusto, è carnevale: e molta brava gente prova gusto a mascherarsi, nelle fogge più strane: invece, io provo una voluttà indicibile nel buttar via ogni maschera d'ipocrisia sociale: e spalancare il cuore, come uno sportello.

In Italia, ma soprattutto all'estero osservò acutamente il Petruccelli, in una sua vecchia monografia sopra la colonia italiana a Parigi ogni italiano porta abitualmente sopra il suo viso una maschera: ma se vi riesce d'alzar quella maschera, scoprite spesso un viso nobilissimo, quale nessun altro potrebbe vantare.

L'osservazione, vera e profonda, si rannoda da una parte alla legge biologica del mimetismo, dall'altra alle tradizioni storiche del nostro popolo.

Non si attraversa impunemente una serie di secoli, in cui la vita sociale è lacerata di continuo da fazioni atroci, da crudeli gare di feroci oligarchie, dalle guerre intestine e di conquista, dalle ferree compressioni d'ogni coscenza, in mezzo a ogni maniera di pericoli e d'insidie, senza che qualchecosa d'atavico s'imprima nel carattere.

Tutto che siano o paiano cangianti i tempi, noi nasciamo ancora col senso acuto della dissimulazione, perché ci sentiamo tuttavia ravvolti in un formidabile ingranaggio d'interessi, di passioni, di pregiudizi, di tirannie morali, e prima di liberare pubblicamente una verità che possa urtare qualcuno o qualche cosa, riflettiamo:

 Mi gioverà o mi produrrà del danno?

 E ricordiamo, con paurosa amarezza, che Salomone di Caus, il rivelatore della forza motrice del vapore, fu mandato al manicomio: che quando Gray propose d'applicare la scoperta di Watt alle ferrovie, tutti i dotti gli gridarono essere una chimera: che lo stesso grande chimico Dawy dichiarò impossibile l'illuminazione a gas: che l'immenso accademico Babinet battezzò il telegrafo Morse una invenzione stupida e ridicola...

Tutta una serie di buaggini umane, che poco assai conforta ad affrontare il misoneismo della folla e la rabbiosa reazione degli sfruttatori dell'ignoranza pubblica.

Pure, io scrivo, senza esitare, con una libertà di coscienza salda come cristallo di rocca, sopra cui scivoleranno, impotenti, astiose critiche o facili sarcasmi.

Sento che questo libro sicuramente è un'azione onesta: e sento ancora che questo libro può essere un'azione benefica.

Farà pensare, ripeto: ma nell'onda folta e agitata dei pensieri, se

ntirete fiorire qualche cosa d'insolitamente bello, di soavemente buono: qualche cosa che vi farà dire:

 Strana malìa! non so come, non so in che, ma mi sento migliore.

Sul Giornale d'Italia apparve una corrispondenza genovese che, in forma frettolosa e oscura, porgeva notizia di una nuova serie di sedute sperimentali medianiche, cui presero parte chiarissimi cultori della scienza, tra i quali Cesare Lombroso ed Enrico Morselli.

Dai primi del dicembre 1901, in realtà su nuovo invito del Circolo scientifico Minerva, la famosa medio Eusapia Palladino prese dimora in Genova, e si prestò a una serie di sedute, ripartite fra cinque o sei gruppi di persone, ciascun dei quali diretto da individualità capaci di presentare le migliori garanzie di serietà d'esame e di critica. Verissimo l'intervento dei professori Lombroso e Morselli, i quali hanno raccolto in diligenti verbali copiosa narrazione di fenomeni, per poi farne, suppongo, analisi accurata in un volume o sopra rassegne scientifiche.

Intanto, essendo grande e legittima la curiosità, mi propongo di esporre, come saprò meglio, il risultato delle cinque sedute a cui presi parte, nel gruppo diretto, con intelligente serenità, dal professore Francesco Porro, le relazioni del quale, intorno alla prima serie delle sedute della Palladino, hanno già fatto il giro di tutti i principali fogli del mondo, attestando così qual vivo interesse tutti prendano a quest'ordine meraviglioso di studi, quando sian condotti da persone degne d'affrontare le indagini dell'ardua materia.

Ma prima di tutto, più che utile mi par necessario sfrondare alquanto la selva selvaggia di pregiudizi e d'asinerie che s'è addensata intorno all'argomento.

Comincerò dal Circolo scientifico Minerva, che ho l'onore di presiedere, per avvertire quale ne sia lo scopo supremo: non già quello di divulgare le cosidette pratiche spiritiche, o altro genere d'occultismo, ma quello al contrario di condurre e ristringere gli studi medianici alle persone le quali, per abito di scienza, per profondità di mente, per pratica di osservazione acuta, per serietà di ingegno, abbiano la capacità non comune, l'autorità, sto per dire, di addentrarsi in simili studi, che richiedon fibre energiche e cervelli d'acciaio, e siano in grado di avvicinarsi, passo passo, alla ricerca dell'assoluta verità.

Tanto è vero che abbiamo scartato a decine, per non dire a centinaia, le domande d'ammissione a socio, restringendo deliberatamente il numero a coloro ch'erano mossi, non da vana curiosità, non da morbosa avidità di misteri, bensì da sincero amore di severa indagine, spoglia di qualsiasi fanatismo. Tanto è vero, aggiungo, che ogni socio è libero di pensare quel che meglio gli torni circa la causalità dei fenomeni (e c'è infatti molto divario di pareri, tra l'uno e l'altro) ma l'essenziale è che tutti giungano a un accordo critico quanto all'accertamento, alla sincerità dei fenomeni stessi.

A tale scopo, le sedute promosse dal Circolo vengono sempre circondate dalle maggiori cautele di controllo, in modo da chiarire i casi di illusione soggettiva o di frode incosciente o no: e si adoperano mezzi la cui efficacia risultò da prove irrefutabili.

Ma quale, di tali studi, il morale interesse?
Immenso.
Da oltre un secolo, le ricerche e le scoperte scientifiche hanno fatalmente condotto a una filosofia materialista e desolante, che ha disseminato il nichilismo nei cervelli umani. Anche negli esseri più mistici vi è la perturbazione, il dissidio, lo squilibrio. La religione, certo, è una potenza: ma la religione è fatta per le anime semplici, e le nostre anime non sono più semplici. La facilità di leggere ha diffuso, in modo straordinario, una cultura superficiale e mediocre che rende l'uomo orgoglioso, inconsapevole della sua smisurata ignoranza, quasi padrone di tutti i misteri dell'universo, schernitore di credenze e tradizioni che omai gli sembrano puerili e sciocche. Solamente i grandi intelletti, giunti

ai più sublimi vertici dell'intuizione umana, comprendono che la nostra sapienza, per quanto spinta a così magnifiche altezze, è circondata da enigmi essenziali, e che quanto ora sappiamo è nulla in confronto di quel che si saprà. Ma la gran folla dei semieruditi non può partecipare a tali smisurate e abbaglianti divinazioni del genio: la folla, sballottata dalla critica, non sa più che pensare circa i destini umani, e si divide in due categorie: gli scettici che tutto negano, i dubbiosi che prendono qualche precauzione, come a dire un biglietto di lotteria sopra la vita futura, dicendo:

Non si sa mai!

Costoro, che sono i più, accettano una religione purchessia, quasi con benefizio d'inventario: vivono cioè paganamente, come se la loro missione fosse circoscritta nei materiali interessi dell'esistenza terrena: poi, all'ultima ora, cercano di farsi vidimare un passaporto per l'altro mondo, non già perché abbiano la convinzione dell'al di là, ma per la ragione solita:

Non si sa mai!

Ora, mi par superfluo dimostrare quale profonda, quale enorme diversità d'orientamento di pensiero e d'azione avverrebbe in tutto noi, dai pessimi ai migliori, se penetrasse nelle coscienze, così annebbiate, la certezza scientifica, matematica, indiscutibile di una qualsiasi esistenza futura. Tutta la grande fiamma dei doveri, della legge morale, c'investirebbe in modo irresistibile, regolando gli atti nostri verso un continuo ideale di perfezione, di dolcezza, di purità: noi proveremmo non più il terrore materiale invincibile della morte, che ci parrebbe invece un trapasso sereno a una forma superiore d'esistenza, ma il salutare terrore di mancare ai doveri verso noi, verso i fratelli nostri, verso la suprema Giustizia, macchiandoci di colpe che dovranno poi essere espiate dallo spirito, attraverso fasi inconoscibili.

Poter credere dunque, senza esitazioni, a una forma di vita spirituale, anche facendo astrazione da ogni dogma religioso, significa già ricevere nell'anima un raggio di luce perenne d'infinita bontà.

Nessun interesse maggiore, quindi, che poter dire, per bocca della scienza, all'anima umana:

Tu esisti e tu, dopo il dissolvimento della materia, esisterai.

Ma che dico: maggiore? è l'interesse unico, rispetto a cui tutti gli altri non sono che conseguenze accessorie.

Ciò posto, è ferma convinzione in noi che a tale risultato non si possa giungere che per via degli studi medianici e, per tal motivo, gli sforzi tendono a costringere gli scienziati a sviscerare compiutamente il grande problema che ogni altro supera, con la certezza incrollabile, per parte nostra, almeno, di giungere alla scoperta assoluta della verità. Il giorno in cui la scienza, col sostegno di prove irrefutabili, affermerà che la vita spirituale esiste, sarà un vero rinnovamento delle coscienze nell'imperio della legge morale. E il giorno in cui la scienza ci dimostrasse, cosa non fatta finora, che i fenomeni medianici sono tutte fandonie, ebbene allora ci rassegneremo ancora a dubitare che le stelle innumeri siano sassi roteanti per caso e noi stecchi rivestiti di ciccia, ambulanti, non si sa perché, né percome, a guisa d'insetti parassitari, sopra la crosta di questo nostro inutile e stolido pianeta.

Veniamo adesso alle categorie più comuni degli avversari sistematici degli studi medianici. Rappresentano essi in fondo un genere solo, diviso in queste due specie: l'ignorante dotto e l'ignorante asino.

Individuo della prima specie:

Ah! (accento di benigno compartimento) voi dunque vi siete dato allo spiritismo?

Studio, fin dove arrivo: cerco di formarmi un criterio... Prima di tutto, ho procurato di farmi una biblioteca. Soltanto di opere scientifiche, come quelle dell'Aksakow, del Du Prel, del Brofferio, dell'Ermacora, del Flammarion e via dicendo, ho già più d'un centinaio di volumi...

Ma c'è pure (con fare saputo) la teoria del subcosciente!

Ho anche quei volumi! soltanto, contro di essa insorgono le esperienze positive di Crookes...

Oh, conosco, conosco! (e non ne sa nulla) un eminente scienziato...

Diciamo pure uno dei più grandi.

Verissimo! ma non esente da allucinazioni.

Pure, egli ha impiegato tutte le precauzioni possibili per escludere l'allucinazione. Gli apparati elettrici... la lampada che preludiò i raggi Roentgen... la fotografia...

So, so, so! ... (e si capisce, dal modo come ne parla, che non sa nulla) ma parliamoci chiaro! di che si tratta? di giocarelli indegni di entità spirituali. Mai, una manifestazione d'ordine superiore... mai!

Ma allora non avete letto il volume meraviglioso di Stainton Moses?

L'ho letto! ho letto anche quello! (accento da cui traspare che ne hai ignorato l'esistenza fino a quel momento) ma, francamente, non mi persuade...

In che senso?

Eh, sarebbe troppo lunga! e poi (con accento trionfale) non v'è mai una prova certa d'identità (come a dire: caro mio, t'ho messo con le spalle al muro!).

Non conoscete dunque la relazione di Hodgson sui fenomeni della Piper?

Ma sì, (non l'ha mai letta) e che conchiude, poi?

Sarei curioso piuttosto che conchiudeste voi, perché mi sembrate proprio all'abbici della materia.

L'ignorante asino invece vi dà l'abbordaggio con un risolino paterno e malizioso.

Dunque, facciamo ballare i tavolini, eh? chi avete evocato? Dante, mi figuro, Omero, Giordano Bruno, Cavour, Garibaldi... Ma è proprio vero che, appena chiamati, rispondono e si presentano, come un cameriere al suono del campanello elettrico? Dev'essere un gran bel divertimento.

Perché nel suo cervello, si figura che i cultori degli studi medianici siano cinque o sei poveri scemi sfaccendati, i quali, a una cert'ora, per procurarsi uno svago con poca spesa, si mettano a far ballare i tavolini, le sedie, i comodini, il cappellinaio, facendo sfilare le ombre, come in una lanterna magica:

Venga Napoleone I! ... buona sera: come stai? che cosa ne pensi della Triplice? dobbiamo o non dobbiamo sbarcare a Tripoli?... Ora, va per fatti tuoi. Venga Beethoven! Ah, eri presente? Fa il piacere di dettare una piccola mazurka, perché domani sera si ha intenzione di far quattro salti.

Vi è, poi, la sottospecie del satirico, spirito fino (bonariamente ammette, almeno, che se lo spirito esiste, non è che in lui) alla quale, per tempo, ho appartenuto anch'io. Ha la mania innocua dello scetticismo a ogni costo, dispostissimo a negare anche l'esistenza del formaggio di Gorgonzola. Al massimo, quando gli avete esposto una serie di fatti, che vi paiono indiscutibili, si stringe nelle spalle e conclude, come il corrispondente del Giornale d'Italia:

Sarà! ma se non vedo io, non credo.

Ma perché, allora, non cerchi di vedere?

Eh, se mi capiterà!...

Ma non gli capita mai, appunto perché egli appartiene a quella classe che ha orecchi per non udire e occhi per non vedere, e nella sua vanità, gli ripugna supporre esista al mondo cosa che non abbia mai vista. Così che egli continua a ridere beato intorno alla ignoranza propria e ripete, in società, il motto del buon Yorich:

Quando tre spiritisti son seduti intorno al tavolino, non c'è che il tavolino che abbia dello spirito.

Anche Cesare Lombroso si burlò a lungo dei mobili che si mobilitano, ma poi, con candore onorevole,
fece ammenda delle sue satire: così anch'io risi e feci ridere, mettendo in circolazione un per finire:
 Spirito! se sei presente, batti due colpi: se... non sei presente, tre.
Ma poi, come in seguito dirò, non risi più.

PRELUDIO ALLE SEDUTE

Fin dal 1886, feci i primi passi in questo campo sì contrastato, irto insieme di dubbiezze, d'ansie, d'entusiasmi, in vicenda continua. Prima a Napoli, in casa del cavalier Chiaia, con la diffidenza naturale di tutti i neofiti, presenziai alcuna delle prime sedute d'Eusapia Palladino, non ancora circondata di notorietà europea. Erano presenti persone cospicue, d'eletta intelligenza, di probità insospettabile: i fenomeni si manifestavano con evidenza dirò quasi palpabile: ma, impreparato, quasi digiuno d'ogni nozione in proposito, rimasi scosso, come chiunque si trovi in caso analogo, e combattuto d'ogni sorta d'incertezze.

Tornato a Roma, cominciai a fortificarmi di studi e d'indagini, aiutato dall'esperienza di persone già addentrate, fra cui il professore Luigi Gualtieri, cuore aureo e d'esemplare buona fede. Nell'ultimo decennio, raccolsi quanto mi fu possibile, scegliendo a preferenza le opere di carattere scientifico, specialmente le inglesi, condotte con singolare carattere di serietà; procurai tenermi al corrente d'ogni nuova manifestazione, di ogni interpretazione escogitata da uomini eminenti (e già si contano, in questo campo, a centinaia) e soprattutto, quando mi fu possibile, cercai d'assistere a ogni forma d'esperimenti medianici, con questo proponimento:

 Il giorno in cui mi sarà concesso ottenere anch'io una prova convincente, non esiterò a pubblicamente dichiarare le convinzioni risultanti dalle assidue ricerche.

La qual cosa è assai men facile di quanto si creda. Migliaia e migliaia sono i convinti, come ne fa fede il vasto movimento d'idee che va dilagando in ogni parte di mondo civile; tra i convinti, larga pure è la schiera d'uomini di somma autorità, ma la più parte è schiva da ogni propaganda, per timore di rispetti e d'interessi umani. Siccome l'enunciar cose novissime, o che tali paiano, suscita il misoneismo ostile del volgo ignorante e dotto, molti hanno paura di sminuire l'acquistato prestigio, di ledere interessi professionali o mercantili, di passare per allucinati o pazzi a dirittura, e preferiscono, a scanso di fastidi, seguire il precetto socratico di tener la propria fede per sé.

Io sono invece una specie di selvaggio solitario su cui non hanno mai presa di sorta le opinioni altrui sul conto mio. Trent'anni di battaglie continue, hanno reso più che mai libera la mia voce, e nessuna considerazione mi trattiene mai, su qualsiasi tema, dall'esporre nitidamente quel che a me pare essere la verità. Il mio cervello, e mi sembra darne prove ininterrotte, funziona con precisione e freddezza oso dire mirabili, secondo i precetti della logica: per cui da questo lato, posso essere pienamente tranquillo. Dirò di più: l'avere proseguito, per sì lungo tratto, tal sorta di studi, senza risentirne la minima concitazione, è stata come la prova del fuoco delle mie perfette funzioni cerebrali.

Nelle mie ricerche, ho serbato sempre quella lucida diligente attenzione che, nella giovinezza, prestai ai corsi di chimica del buon professore Carlevaris e alle equazioni algebriche del canonico Costa.

Tanto vero che, come uno studente che si prepari agli esami, prima di prender parte alle sedute recenti d'Eusapia, volli rileggere il volume poderoso del De Rochas, che riassume tutte le esperienze analoghe, e il magnifico libro del dottor Paolo Visani Scozzi, edito dal Bemporad, La medianità, che completa e mette il suggello a quello del professor Brofferio.

Le cinquecento pagine del dotto Visani Scozzi sono di tal natura che, certamente, hanno dato da pensare al mondo scientifico, sebbene l'emozione ancor non ne sia manifesta. L'autore, persona avvezza alla più rigida severità di ricerche, s'è accostato incredulo al soggetto (come il Brofferio, come il Lombroso, come tutti) deliberato a nulla trascurare per iscoprire l'illusione o l'inganno, il trucco e la malizia: e poi, con illuminata coscienza, con uno scrupolo di particolari fin meticoloso, ma che genera in chi legge la piena fiducia nell'onestà del relatore, ha reso conto delle sedute sperimentali con Eusapia Palladino in una forma così acuta, logica, vittoriosa d'indagine scientifica, da essere, per ogni lato, inattaccabile.

Si sottintende che, davanti a pubblicazioni simili, su cui si svolgerà indubbiamente, come su terreno positivo, la polemica vitale dei nuovi problemi psichici, la scienza ufficiale ha finora conservato l'abituale aspetto arcigno, come già per l'ipnotismo, che oggi è diventato uno studio dei più comuni: prima ha negato l'esistenza dei fenomeni: poi ha detto che sono giochetti di prestigio: in seguito, ha preteso assegnar loro cause fisiche elementari, come i moti automatici e il ridicolo scrocchiare del peronco: infine, battuta sopra tutte queste supposizioni alquanto infantili, è ricorsa, con Hartmann, al nebuloso sistema del subcosciente, che è quasi più meraviglioso delle facilone teorie cervellotiche dei più fanatici spiritisti.

Ora, sopravvenendo fenomeni che col subcosciente rimarrebbero inesplicabili, la scienza ufficiale si rannicchia nella teoria del silenzio, senza che per questo si turbi il movimento ascensionale degli esperimenti di coraggiosi scienziati, i quali non hanno fretta di pronunciarsi, del che vanno lodati, ma non hanno neanche paura di sottomettere le proprie teorie al crogiolo purificatore di nuove verità.

E tra non molto si vedrà quale cammino già si sia fatto, dalle esperienze di Crookes, fino al libro del dottor Visani Scozzi.

Torniamoci un po' sopra, se non vi spiace, alle esperienze di Crookes, poiché molti ne chiacchierano senz'averne idea precisa e moltissimi non ne sanno proprio nulla.

Cominciamo col ricordare che William Crookes è uno dei più eminenti fisici dell'epoca nostra. Sperimentatore di laboratorio, scopritore di elementi nuovi e nuove leggi scientifiche, il suo nome è insigne, come quello di un Virchow o di un Pasteur. Parli o scriva, tutti i suoi concetti son meravigliosi per chiarezza, solidità di logica, profondità di dottrina. Si tratta dunque d'una vera autorità, il cui sapere è uguale all'alta integrità d'una nobile coscienza.

Tali sono i suoi scrupoli che, chiamato nel 1870 a verificare se fosse vero che il corpo di alcuni medium famosi, come il celebre Home, mutasse improvvisamente di peso, senza alcuna ragione apparente, inventò e costruì una meravigliosa bilancia di precisione, merce cui ogni sforzo muscolare del medium, per alterare fraudolentemente il proprio peso, avrebbe invece raggiunto effetti opposti. Tal bilancia (che certo non soffre di allucinazione) è ben conosciuta da quanti seguono gli esperimenti scientifici.

Orbene, cominciamo da questo: che la bilancia perfetta, incensurabile, ordigno di certezza matematica, provò esistere individui eccezionali, chiamati medi, il cui corpo, nell'istessa ora, nello stesso minuto, pesa più o meno, per ragioni ignote che contrastano a tutte le leggi fisiche.

Andiamo avanti. Tra i molteplici fenomeni prodotti da Home, uno dei più singolari era il seguente: egli pigliava con due dita un organino a mantice quel che volgarmente si chiama un'armonica non già dalla tastiera ma dalla parte opposta, lasciando pendere lo strumento nel vuoto, con la tastiera in basso. Senza che l'Home facesse moto alcuno, l'armonica, stringendosi e allargandosi per conto suo, suonava a perfezione ogni sorta di pezzi musicali.

Ah! esclameranno i maliziosi, furboni si capisce! un'armonica meccanica, con una soneria interna, come i carillons della Svizzera! bella forza!

No, cari. L'armonica, a insaputa dell'Home, veniva acquistata, nuova e sincera, dagli sperimentatori stessi, in un qualsiasi negozio di strumenti simili. Ma il Crookes fece di più: chiuse l'armonica in una specie di gabbia reticolata, per cui restava esclusa fin l'ipotesi d'un contatto qualunque; e l'armonica suonò ugualmente a perfezione, sorretta appena da due dita di Home. Non basta. Home ritirò anche le due dita, e l'armonica, in piena luce, non toccata da nessuno, continuò a sonare con precisione e capricciosa varietà.

Veniamo alle esperienze con la signorina Cook, le quali, secondo gli scettici della scienza ufficiale, costituirebbero una mistificazione a spese del gran chimico. Ve la figurate una ragazza di sedici anni che, per una trentina di mesi, si burla d'uno scienziato che si chiama Crookes?...

Quando, adunque, la medio Cook cadeva in quel misterioso letargo che chiamano in trance, appariva nella sala una splendida figura di giovanetta, cinta di veli bianchi, del tutto diversa dalla medium e che diceva chiamarsi Katie King.

Di tale spirito materializzato, il Crookes fece non una, ma quarantaquattro fotografie.

Risate analoghe degli scettici ignoranti:

 Ah, bella! e come non capire che era la medium stessa, mascherata da fantasma?

Il Crookes prima intanto fece questo esperimento. Si fece fotografare di fianco al fantasma. Più tardi, vestì la medium in modo identico, la pose al suo fianco, nello stesso punto, e fece una seconda fotografia. Dal confronto, apparì che la figura del Crookes naturalmente era identica, ma quella del fantasma superava dell'altezza d'una testa quella del medium: che non esisteva nessun punto di somiglianza nei lineamenti: che i capelli di miss Cook, tra l'altro, eran d'un nero corvino, mentre quelli della sedicente Katie King invece assai più copiosi e d'un castagno chiaro dorato.

Ma andiamo avanti. Non potendo più negare la realtà tangibile del fantasma o figura fluidica, gli scettici hanno affermato:

 Il preteso fantasma non può essere altro che lo sdoppiamento della medium.

Intanto, a ogni modo, ci troveremmo di fronte a un fenomeno dei più strani. Una creatura, vestita di nero, s'addormenta nel vano d'una finestra, e da lei esce, non si sa come, una figura viva vestita di bianco, che può venir fotografata a luce di magnesio. Ma il fenomeno non si arresta qui. Il Crookes intanto ottiene fotografie in cui si vedono distinti e separati il corpo della medium e quello del bianco e nitido fantasma.

E non basta. L'ingegnoso Crookes costruì una lampada fosforica, per poter vedere con una luce sufficiente, ma di tal natura da non turare, non disgregare, come altre luci fanno, i fenomeni fluidici. Ecco senz'altro com'egli riferisce i risultati della sua invenzione;

 M'inginocchiai presso la medium Cook e introdussi l'aria nella lampada. Alla luce fosforica, vidi la giovanetta vestita di velluto nero, sempre come svenuta. Le presi la mano ma ella non fece alcun moto: avvicinai la lampada al suo viso e continuò a respirare tranquilla. Allora, alzai la lampada, gettando uno sguardo intorno a me, e vidi Katie King (il fantasma) in piedi, coperto di una ampia vestaglia bianca. Portai più volte la lampada d'alto in basso o viceversa, sempre assicurandomi della reale presenza di quelle due personalità così diverse. La Cook pareva dormire e Katie King, senza dirmi nulla, mi faceva dei cenni col capo e sorrideva con aspetto amabile.

Malgrado il rispetto all'uomo, malgrado le sue rigorose precauzioni scientifiche, se non fosse successo altro che questo episodio, si potrebbe arrischiare la parola allucinazione: ma quando la visione replicata, alla luce della lampada fosforica, è consacrata dalla lastra fotografica, che graziaddio non soffre d'allucinazione, chi avrà il coraggio di sostenere ancora l'ipotesi allucinatoria?

Avete mai sentito dire che sia stato necessario tradurre una macchina fotografica al manicomio?

Ora pensate che, in questi ultimi mesi, a Roma, avviene qualche cosa di simile, grazie alla medianità d'una signorina Randone; ma avviene, di pieno giorno, tra il mezzodì e le due, e che le nuove Katie

King, ben visibili a occhio nudo, senza lampade fosforiche, vengono fotografate alla piena luce del sole...
Capisco! Anch'io, come voi, penso:
 Vorrei vedere coi miei propri occhi!
Ma perché gli scienziati non vanno a vedere quel che s'annuncia in proporzioni tanto visibili?
Non temete! la questione è in mano del più eccelso tra gli scienziati: il Tempo.

La prima

Le sedute si tennero, abitualmente verso le ore ventuna, nella sala del Circolo Minerva, chiuso a chiunque non appartenesse al gruppo degli sperimentatori. La prima seduta si svolse la sera del 18 dicembre. Dirigeva, per comune consenso, il professor Francesco Porro. Erano presenti, oltre a me, quattro persone che, per facilità di narrazione, designerò con questi nomi convenzionali: il dottor Venzi, il signor Prati, il signore e la signora Morani.
Benché la sala già sia stata descritta dal Porro, credo necessario ripetere. È una sala quadrata con due finestre, chiuse da solide inferriate, dai vetri e dagli scuri che combaciano ermeticamente. Il vano della finestra presso cui siede la Palladino è poi chiuso da una tenda bianca e da due ampi cortinaggi scuri, che scendono fino a terra costituendo così il gabinetto medianico, propizio ai fenomeni di materializzazione. Una lampada elettrica interna può, quando occorra, rischiararlo.
Oltre le sedie, la sala non contiene altri mobili che questi: un tavolino rotondo, una tavola di legno bianco, rettangolare, abbastanza capace perché sei o sette persone vi stiano sedute attorno, e un tavolone assai più lungo e molto pesante, a foggia di scrivania appoggiato presso il muro che intercede tra le due finestre.
Lampade elettriche sono congegnate in modo da rischiarare con luce bianca o luce rossa, secondo i casi: la luce rossa, però, per quanto attenuata, è molto viva: dopo essersi abituati qualche minuto, non differisce dalla bianca e permette di chiaramente distinguere ogni minima particolarità.

Il gruppo siede intorno alla tavola bianca, di fronte alla tenda. L'Eusapia è nel centro, le spalle alla finestra. La signora Morani ne tiene la mano sinistra e il piede sinistro: io la destra e il piede destro. Una volta per sempre, dirò che, a frequentissimi intervalli, con insistenza quasi noiosa, l'uno e l'altra, verificando il pollice della medium, avvertiamo i presenti d'avere conservato il rispettivo controllo; segnalazione che, nella prima seduta, torna pressoché inutile, poiché i tre quarti dei fenomeni succedono in piena luce, e la medium, i suoi atteggiamenti, le sue mani sono senz'altro visibili a tutti.
Il gruppo forma la catena, vale a dire ognuno tiene le mani dei suoi vicini. Tal catena è una garanzia reciproca: forse, aiuta i fenomeni, ma non è punto necessaria. Tanto vero che, spesso, le manifestazioni più intense e più certe avvengono quando la catena è in parte o del tutto interrotta.
Così pure, chi ha conoscenza ampia della materia, sa che non serve a nulla neanche tenere il medium. Parecchi gruppi, e mi parrebbe il miglior sistema, a esuberanza di controllo, preferiscono chiuderlo senz'altro in una specie di gabbione isolato, che basta a escludere ogni tentativo sospetto.

Qui, stimo utile, a uso dei profani in materia, dire in succinto alcunché sopra l'essenza delle facoltà medianiche.
Il medium è un individuo più o meno costituito come tutti gli altri esseri, ma ha la facoltà di proiettare, di esternare, di emanare, d'irradiare una massa di forze fisiopsichiche che, a detta di alcuni, basta senza altro a provocare i fenomeni: secondo gli spiritualisti, invece, rappresenta un serbatoio di forze materiali alla cui entità allo stato fluidico attingono gli elementi necessari per compiere atti identici a quelli dei viventi.
Il medium quindi non è già, come tanti suppongono, una specie di mago Sabino, capace di far danzare folletti e gnomi, nè un dottor Faust che, coi pentagrammi e le formule magiche, sappia evocare

Mefistofele: il medium non dispone di nessuna potenza attiva o soprannaturale: anzi deve adattarsi a una passività incosciente: così che delle sue facoltà non ha né merito, né colpa.

Tutti abbiamo i mezzi per nuotare, per far dei salti mortali, anche, e per andare a cavallo: eppure, relativamente assai scarso è il numero dei palombari, degli acrobati, dei perfetti cavallerizzi. Altrettanto si può dire delle facoltà medianiche: è lecito supporre che esistano latenti in ciascuno di noi, eppure soltanto un ristretto numero di individui è capace di mettere in azione tali forze occulte.

Si può intanto al punto in cui siamo, affermare col dottor Visani Scozzi:

Noi dobbiamo ritenere il medium come un ipnotico puro, o come un ipnotico isterico, se si tratta di gradi alti della medianità.

A tal seconda categoria, con caratteri accentuati, andrebbe assegnata, a giudizio degli scienziati, Eusapia Palladino: vale a dire un essere facile all'eliminazione parziale o totale dell'io cosciente, a una disintegrazione delle facoltà automatiche, che possono essere dominate, una per una o nel loro complesso, come la tastiera d'un pianoforte.

Come e perché, nessuno sa. Noi non sappiamo perché la calamita attragga il ferro e non il sughero: perché l'elettricità passi attraverso il rame e non attraverso il vetro: perché la gallina faccia l'ovo e l'ovo la gallina: dobbiamo dunque limitarci a studiar gli effetti, in attesa che più acuto ordine di indagini venga a rivelarci la causalità.

Siamo dunque seduti in catena, in piena luce, e la Palladino è sveglia e cicaleggia alcuni minuti, colla sua parlantina disinvolta. A poco a poco, s'accheta e man mano il viso prende tutt'altra espressione. In luogo dell'aspetto gioviale, i lineamenti sembrano come cristallizzarsi in una maschera tragica del teatro antico. La medium ha qualche sussulto e più tardi sembra abbandonata in uno stadio di leggera ipnosi, appoggiando talora la testa, come stanca, sopra la mia spalla sinistra.

In piena luce, vediamo il tavolino tondo, a un metro dalla medium e da nessuno tocco né sfiorato, avvicinarsi, strisciando sul pavimento, alla tavola nostra. Sul tavolino stanno una tamburella, un mandolino, una cornetta ciclistica e un'armonica. Giunto presso la tavola il tavolino si solleva, come se una mano robusta lo reggesse al piede, si inclina e rovescia sopra la tavola nostra tutti gli strumenti, dopo di che si abbassa e ritorna al posto primitivo.

I colpi convenzionali chiedono l'oscurità.

Non appena spenta la lampada elettrica, tutti gli strumenti suonano, vagando in aria nei punti più disparati della sala e la cornetta ciclistica, soprattutto, sempre squillando, sembra trascinata da vorticosa celerità. Sento appoggiarmi leggermente qualche cosa sul torace: è il mandolino, sorretto da due braccia, che mi stringono amichevolmente, come se la persona che lo regge fosse in piedi dietro di me. Le corde vibrano di arpeggi. Poi, la tamburella mi viene posta delicatamente sul capo. Fenomeni pressoché consimili son denunciati dalla signora Morani e da altri.

A un certo punto, sento una mano assai larga, potrei dire il doppio di quella della medium, posare, con carezzevole pressione, sopra le mie spalle. Tosto esclamo:

A giudicare dalle dimensioni, direi che è la mano di John King.

Non ho finito, che tre manate sul dorso, amichevoli ma poderose, intese da tutti (tre colpi significano: sì) paiono confermare la mia supposizione: si tratti cioè del noto spiritoguida, che sembra presiedere a tutti i fenomeni della medium. Seguono carezze quasi affettuose, non più d'una, ma di due grosse mani ben distinte: poi il mio braccio destro viene proteso in alto e sento sulle dita lo strisciare vellutato di barba o capelli finissimi e morbidi come seta: provo cioè la sensazione identica che John ha procurato a quanti, e sono una falange, hanno partecipato a tali sedute.

Ci si ordina di far luce: e al chiarore elettrico vediamo gli strumenti essere tornati al primitivo posto, sopra il tavolino tondo, ch'è nel suo cantone abituale. E in piena luce, tutti noi vediamo il mandolino levarsi, in senso orizzontale, come sorretto da due mani invisibili, avvicinarsi all'omero destro della signora Morani, rimanere immobile in tal posizione, isolato, all'altezza d'un metro e venti da terra: e in tal posizione, fa sentire vari accordi precisi, per modo da dover ammettere che una mano prema le corde contro il manico e un'altra le faccia vibrare. Tal fenomeno dura lungamente, per modo che parlare di allucinazione parziale o collettiva sarebbe un'ipotesi stupida.

Sempre in luce, altri fenomeni seguono, che ometto, perché a sazietà ripetuti in resoconti di sedute consimili e vengo a quelli di ordine più elevato.

Viene chiesto a John se altre entità siano presenti e s'egli possa aiutarle a manifestarsi.

Tre colpi rapidi danno affermativa risposta.

Tosto, in luce, attraverso la tenda oscura, e un palmo al disopra della testa semisonnecchiante e immobile dalla medium, nettamente appare, visibile a tutti, una mano giovanile, affusolata, nervosa, che fa cenni vivaci e graziosi di saluto, specialmente verso la direzione mia. La mano, con una parte di polso, rimane visibile per parecchi secondi.

Viene chiesta l'oscurità e tosto intorno a me avvengono, con un prorompere esplosivo, manifestazioni di gioia. Sento distintamente un contatto di persona a tergo: due braccia mi stringono fortemente, mi riallacciano appassionatamente più e più volte, con slanci di tenerezza: due mani delicate e nervose, i cui caratteri corrispondono a quella da tutti veduta, mi stringono la testa, mi fanno carezze d'ogni sorta; una luce ch'io non vedo, ma che viene concordemente dagli altri denunciata, sembra circolare il mio capo, e ricevo lunghi, forti, replicati baci, che tutti gli altri distintamente sentono scoccare, al pari di me.

Tutto l'insieme dei caratteri di tali manifestazioni fisiche e spirituali non ha per me più nessun equivoco: tanto più che una mano, identica a quella apparsa, rimane lungamente nella mia mano destra (mentre con la sinistra proseguo a stringere la destra della medium, che non ho mai abbandonata, durante l'intera seduta), e la tavola, con rapidi moti tiptologici, compone frasi a me soltanto familiari, come per darmi prova assoluta dell'identità dello spirito filiale, che si manifesta con tanta complessività di caratteri concomitanti, da formare la sua completa e a me ben nota individualità.

Pure, a esuberanza, richiedo ancora una prova d'identità, che subito, con quella specie di telegrafia alfabetica, ch'è la tiptologia, mi viene accordata, articolando rapidamente uno dei tre nomi di mio figlio, nome ignoto persino ai più stretti consanguinei: Romano.

Non basta. Io gli dico:

 Sai, Naldino, che ho sempre con me un tuo caro ricordo?

E tosto un dito si appunta contro la tasca interna del mio soprabito, non solo contro il portafogli, ma sul punto preciso ove sta il ritratto di mio figlio, e preme due o tre volte, con non dubbio significato di tenerezza.

Allora, io mi rivolgo a questa entità, dicendogli:

 Poiché ti è dato manifestarti in forme così complete e straordinarie, perché non ti fai vedere? puoi? prova...

Viene risposto sì e coi colpi convenzionali, si domanda di far la penombra, che consiste nel mettere una candela accesa presso l'uscio, fuor della camera: l'unica luce acconcia a permettere la visione di quanto vado a esporre.

Sebbene la luce sia debole, a breve andare permette di distinguere nettamente i profili degli oggetti e quelli di tutti noi. Ignorando quel che fosse per manifestarsi, io guardavo, con intensità d'attenzione, la zona ben luminosa dell'uscio semiaperto, quando a un tratto, sento il dotto Venzi, il signor Prati, il professor Porro, esclamare a un tempo:

Un profilo! un profilo! ... e molto distinto... non vedete?

E io, con accento di dolore:

Ah! io non vedo nulla.

Ma dove guardate?

Verso l'uscio...

No... eccolo di nuovo... voltatevi dalla parte della signora Morani.

Mi volto verso il punto indicato, e vedo ben nettamente disegnarsi in nero una silhouette precisa che, dalla tenda, tra la medium e la signora Morani, s'inclina sulla tavola portando la testa verso i miei occhi a una distanza al più di venti centimetri, per poi alzarsi. Supplico di farsi vedere ancora e la silhouette tosto si ripiega verso di me, rimane immobile alcuni secondi, poi dilegua.

Rifacciamo la luce piena e allora, sempre allo scopo d'escludere ogni allucinazione personale, senza nulla dire di quel che ho visto o creduto vedere, domando a ciascuno dei presenti (nessuno dei quali ha conosciuto mio figlio) di precisare i connotati della visione. Non solo i vari connotati corrispondono tra loro: ma nella totalità corrispondono così esattamente a quelli di Naldino da non ammettere equivoci. Pure, io ricorro ancora a un esperimento decisivo. Prendo il lapis e, sul piano della tavola traccio esattamente, ponendovi tutta la mia abilità di disegnatore, la silhouette, e tutti ne riconoscono l'identità, specialmente i signori Prati e Porro, i quali erano situati in maniera da scorgere pienamente il profilo apparso.

Di tali fenomeni, ragionerò più appresso: ora, esauriamo lo svolgimento della seduta.

Rifacciamo il buio, e tornano le manifestazioni di John. Sentiamo levare il tappo a una grossa boccia di cristallo, piena di acqua, che sta sulla scrivania, a due metri dal gruppo. La bottiglia è portata alla bocca della medium e sentiamo, dal gluglu, che beve parecchio. Dico:

Potrei averne un sorso anch'io?

La bottiglia, un momento dopo, viene tosto appoggiata al mio labbro inferiore, ma quasi per burletta, mi si lascia bere un sorsetto e non più. Poi, si rimette il tappo alla bottiglia, che viene deposta in mezzo alla tavola nostra. Si fa luce piena, e la tavola ha levitazione e ondulazioni strane, come di mare in burrasca; mentre la bottiglia, che avrebbe dovuto rovesciarsi e rotolare cento volte in terra, rimane come inchiodata, da mano invisibile, al suo posto.

A un certo punto, la signora Morani, quasi molestata dal caldo aumentato dell'ambiente, o causato dalle emozioni, dice:

Mi levo il cappello.

Mentre con la sinistra cava uno spillone, a destra, ecco, una mano invisibile le toglie il secondo spillone a sinistra e galantemente le leva di testa il cappello, alla vista di tutti, deponendolo fra le mani della signora trasecolata.

Parecchi altri fenomeni consimili potrei ancora riferire, ma mi preme, né spiacerà ai lettori, un breve esame critico del fenomeno ch'ebbe per principale obiettivo la mia persona.

Prima di tutto, io non soffro d'allucinazioni. Quando, e sovente, mi raccolgo in me stesso, e mi sprofondo, con rapimento, nelle più dolci memorie, nelle sacre estasi dolorose e care degli intimi affetti, neppure in tale stato d'animo ho allucinazioni di nessuna specie. Nulla vedo, nulla sento, nessuno mi bacia, nessuno mi tocca.

Non ho quindi, non posso avere nessuna dubbiezza circa l'obiettività dei fenomeni, che del resto coincidono con quelli di Fedia, il figlio della contessa Minardi, le manifestazioni del quale sono esattamente descritte dal presente dottor Visani Scozzi.

L'unico punto che intendo discutere, in modo chiarissimo, è l'ipotesi balorda d'un trucco della medium, secondo la manovra denunciata da TorelliViollier, arme ripresa da ben superficiali osservatori: che cioè la medium, liberando un piede o una mano, possa compiere fraudolentemente i fenomeni.

Sia pure. Io voglio ammettere che l'Eusapia sia riuscita (e non è vero, perché ne sarei stato tosto avvertito) a liberare la sua mano sinistra e relativo piede dal controllo assiduo della signora Morani. A ogni modo è certo ch'ella aveva sempre la destra chiusa nella mia e il piè destro sotto il mio: come è pure certo che non s'è alzata dalla sua sedia, perché un movimento simile non mi sarebbe sfuggito. Ma guardate! voglio perfin concedere che abbia potuto alzarsi dalla sedia. Ma ora, fate mente locale e ditemi: come mai, disponendo d'un braccio e d'un piede, può abbracciarmi con due braccia ben distinte e carezzarmi con due mani, nel tempo stesso, e perfino con due mani, che non somigliano alle sue? Se il suo braccio libero non diventa di due metri e più di lunghezza, come può passarmi dietro, dalla mia sinistra alla destra, circuirmi e toccare coll'indice il portafogli situato a destra? E poi quando abbiam fatto la semiluce, ella era là, immobile, visibile, al pari di tutti noi e tenuta per le mani e per i piedi, al solito: e come poteva, con quelle sue chiome irte e scarmigliate, con quel profilo aquilino e aguzzo, con la bazza in fuori che la fa parer più vecchia di quel che sia, trasformarsi, per non si sa qual magia, nel profilo tutto diverso d'un adolescente, con i capelli corti, folti e crespi, col mento arrotondato e sfuggente, nella forma d'un viso ovale e delicato?

Quella donna grassa, piccola, bonariamente infagottata, è forse simile alle nuvole di Amleto, che mutavan forma, colore, sostanza, a ogni batter di ciglio?

La seconda

Comincia all'ora consueta. I sei presenti sono distribuiti intorno alla tavola in maniera diversa dalla seduta precedente, per questa ragione: siccome l'intensità dei fenomeni aumenta nelle zone più prossime alla medium, si vuole che ciascuno dei presenti, alternando i posti, possa avere la sua parte di sensazioni più dirette.

Il controllo del medium è affidato al signor Prati a desta e al signor Morani a sinistra. Io mi trovo nel punto più lontano dalla Palladino, tra il dottor Venzi e la signora Morani.

In questa seduta, ricca di fenomeni che si seguono con rapidità, la medium non cade mai in trance e neppure in uno stato più o meno profondo d'ipnosi: rimane passiva, ma cosciente, come uno qualunque di noi.

Nella prima mezz'ora, si svolge, con maggiore o minor varietà, la serie consueta dei fenomeni di John, parte in luce e parte nell'oscurità.

Il signor Prati esclama:

 Fanno sforzi erculei, per levarmi la seggiola di sotto: e sento che l'afferrano a un tempo dalle due parti: ma avranno un bel da fare!

A chiarimento di queste ultime parole, conviene osservare che il signor Prati, uomo quarantenne, è dotato d'una corporatura muscolosa, di vero atleta, cui corrisponde una non comune energia di forze fisiche. Egli assiste per la prima volta a tal sorta d'esperimenti e, ignorando la singolare potenza degli agenti invisibili, s'illude facilmente di poter opporre, con la robustezza propria, una resistenza invincibile. Ne consegue quindi una specie di lotta sorda ma accanita di contrasti. Finalmente, il signor Prati, ritto in piedi, esclama sorpreso:

Perbacco! me l'hanno levata.

Fenomeno semplicissimo, pur sufficiente per osservare a coloro che parlano di trucchi: il Prati, in quel momento, teneva una mano della medium; ammesso il trucco, la Palladino non avrebbe potuto servirsi che di una mano sola, e per giunta della sinistra, mentre il Prati sedeva a destra. Ora provate un po' se vi riesce, in condizioni simili, di togliere la sedia di sotto a una persona che pesi ottanta chili e che deliberatamente resista! provate...

La sedia del Prati intanto viene posta prima adagiata, poi ritta in mezzo alla tavola nostra. Dalla scrivania lontana vengono presi un campanello, un candeliere e una gran boccia piena d'acqua e tali oggetti sono deposti sul sedile della sedia: sotto la quale, con una specie di capriccioso disegno geometrico, vengono sparpagliati lapis, penne, bastoni di ceralacca, fascicoletti e altro, tutta roba che stava sopra la scrivania.

Accesa la luce elettrica, la nostra tavola pare una bancarella di cartoleria ambulante: e allora, in piena luce, tutti assistiamo a un fenomeno dei più curiosi. Il signor Prati è rimasto in piedi e si direbbe che John voglia dargli una prova definitiva della propria forza, per dileguare fin gli ultimi dubbi in proposito.

La grossa scrivania, che deve pesare più d'una cinquantina di chili, da mani invisibili ma poderose, viene scostata dal muro, e spinta con velocità fragorosa verso il fianco sinistro del signor Prati, contro cui s'appoggia con pressione continua, non più violenta, per non causargli dolore, ma nel tempo stesso atta a dargli la misura della forza che sospinge. Il Prati con tutta l'energia del fianco erculeo, dà a sua volta uno spintone alla scrivania, che rimbalza indietro per più di due palmi, ma subito viene risospinta fortemente contro il fianco di lui: e questo vigoroso movimento di azione e di reazione viene replicato cinque volte o sei, senza alcun intervento possibile della medio, ch'è lì, seduta, e tenuta per le mani, alla vista di tutti, e sorridente, al par di tutti noi, davanti a quel curioso e replicato contrasto.

John richiede l'oscurità, fatta la quale il Prati bonariamente esclama:

Ma io dovrò stare in piedi?

Dal movimento d'aria che ne consegue, comprendiamo che una sedia, la quale stava dietro i cortinaggi nel vano della finestra, passa sopra le nostre teste, e sentiamo il rumore dei piedi, quando toccano terra e subito il Prati dice:

Due mani robuste mi prendono per le spalle e con modi alquanto bruschi mi buttano a sedere. Comunque, grazie!

Taccio d'una serie di contatti e d'altro, perché ormai troppe volte descritti, e accenno solamente a una quantità di punti luminosi, che appaiono in varie parti della sala, compiendo lente traiettorie, che ognuno di noi descrive con indicazioni identiche, da cui risulta che tutti proviamo identiche percezioni. Le luci sono simili a stellucce vaganti: una sola segna una specie di scia luminosa in basso, come le stelle cadenti; infine, ne appaiono due accoppiate, quasi due alianti farfalle, con un chiarore simile, sebbene un po' più attenuato, a quello della luce elettrica.

Verso le ore ventidue, si svolgono le manifestazioni più importanti, poiché quasi contemporaneamente si manifestano ben cinque diverse individualità.

Prati sente le consuete larghe mani di John che, quasi a compenso delle due lotte sostenute, gli fanno dimostrazioni molto amichevoli.

Il dottor Venzi dichiara di sentire distintamente una persona che s'inclina, s'appoggia su di lui e lo prende per le braccia. Poi soggiunge:

Mi parla.

Noi sentiamo delle articolazioni rauche come sospiri, ma il dottor Venzi pare percepire nettamente le frasi, poiché ne segue un dialogo che, per la sua natura intima, non debbo riferire. A un certo momento, egli esclama:

Perché mi stringi così forte il braccio? quasi mi fai male!

E allora, sentiamo il fruscio d'una mano lungo la manica del dottore, quasi gli facessero delle frizioni carezzevoli.

Nel tempo stesso, il signor Morani, in una specie di soprassalto, esclama:

Mi abbracciano!... mi parlano! ah, sei tu?

E anche qui, segue un dialogo, come quello del dottore, di natura intimissima, durante il quale sentiamo il signor Morani dire:

Ah, ecco! per darmi una prova della sua identità, mi fa toccar con mano il taglio della barba ch'era identico al mio.

Nel punto stesso la signora Morani, che sta seduta dalla parte opposta, esclama:

Provano a levarmi l'anello del dito... ma non si può! ... non esce! continuano ancora, con forza, ma senza farmi nessun male... soltanto, non è possibile... ah, ecco: ce l'hanno fatta! è strano!

E tosto il signor Morani:

Ecco, adesso lo mettono al mio dito: entra appena...

Tosto, una mano prende quella della signora, la porta a congiungersi con la mano del signor Morani, e tutti allora sentiamo tre o quattro colpetti dati sopra le due mani congiunte, come un atto di conforto e di soddisfazione paterna.

Mentre tali fenomeni si svolgono, il professor Porro sente i precisi contatti dell'entità che già si manifestò nelle sedute dell'estate scorsa, e che, in tale occasione, fece, dirò così, perquisire la propria forma materializzata di ragazza undicenne, non pure a lui, ma ben anche al professor Morselli, mentre stavano seduti a fianco, ma appartati dal gruppo che contornava la medium.

Sentiamo tutti quanti i bacini sommessi ch'ella prodiga al Porro e il tentativo alquanto velato eppur distinto di articolare la parola papà. In quel mentre (e ricordo che sto all'estremità opposta della tavola, cioè lontano un tre metri dalla medium) la mia sinistra è afferrata da una mano che somiglia a quella apparsa a tutti nella prima seduta. Io tosto la stringo con la destra e corrisponde alla stretta affettuosa: la bacio e poi sento che s'inalza: la seguo, continuando a stringerla, mi alzo dalla sedia, mi rizzo in punta di piedi, per tenerla più che posso: poi sento che mi sfugge, quasi dileguando in alto.

Un breve esame critico di quest'ultima fase della seduta, in confronto alle due pregiudiziali sistematiche degli ignoranti dotti e degli ignoranti asini: la frode, l'allucinazione.

La frode. L'Eusapia, dunque, senza che noi, poveri idioti, ce ne siamo accorti, è riuscita a liberare una mano dal controllo. Con quest'unica mano, sia benedetta, ella dunque riesce a formare, nel tempo stesso, quanto segue:

Le due grosse e robuste mani di John (Prati).

Il corpo, le due braccia e la voce ancora d'una donna matura (Venzi).

Le due mani e la testa per lo meno di un vecchio (Morani).

Le piccole braccia, le manine, la testa, la voce d'una ragazzina (Porro).

La mano d'un vigoroso adolescente (Vassallo).

Via! gli è proprio il caso di dire:

Se il fenomeno è sincero, è bello: ma se è un trucco, è ancora più bello!

L'allucinazione.

Vediamo. Il fenomeno allucinatorio è causato, tutti sanno, da suggestione propria o da suggestione altrui. Eliminiamo subito la suggestione altrui, perché, nelle sedute, si sta raccolti e nessuno suggerisce niente. E quando uno soltanto vede o crede vedere: gli altri dichiarano francamente che non vedono nulla.

Conviene quindi restringerci al fenomeno dell'allucinazione per autosuggestione. L'aspettativa intensa d'una cosa, il desiderio acuto che domina come idea fissa, possono condurre allo stato allucinatorio. Ma le sedute medianiche sono per se stesse precisamente il contrario.

Non solo i fenomeni sono inaspettati, ma quasi sempre il contrario di ciò che uno aspetta o desidera, come dimostrerò, con evidenza meridiana, a proposito di una prossima seduta.

Nessuno sa mai quel che sta per accadere. Io posso aspettare, desiderare, invocare che lo spirito a mi dia un abbraccio, e invece è lo spirito b che mi mette in mano la peretta della luce elettrica.

E neanche l'aspettativa più intensa è sufficiente, in persone sane come siamo noi, a produrre un'illusione allucinatoria. In questa seduta, in tre ore, avrò avuto una infinità di aspettative e di desiderii ardentissimi, eppure nessuna allucinazione relativa si è prodotta. Dopo tre ore, un attimo solo, ho stretto e baciato una mano che, proprio in quel momento, ero lontano dall'aspettarmi: o come si vorrebbe pretendere che, calmo, ragionevole, lucido e logico durante tre lunghe ore, io sia diventato stolidamente un allucinato nel breve spazio di tre o quattro secondi?

L'ipotesi non merita neppur l'onore d'essere discussa.

La terza

Preambolo utile, se non pur necessario. Un tale che firma fedele lettore, e che si esprime con forme di manifesta simpatia, mi chiede:

Il Circolo Minerva si compone della sala degli sperimenti o vi sono camere attigue? in questo caso, furono minuziosamente visitate?

Sei ben certo che nel vano della finestra, chiuso dalle tende bianche e scure, non si trovasse nascosto alcuno?

Conosci tutti gli intervenuti e sei ben sicuro che nessun compare si trovasse frammischiato a loro?

Tali dubbi possono fermentare in molti altri diffidenti, per cui rispondo recisamente. La sala del Circolo Minerva ha camere attigue, che vengono sempre visitate per abbondanza di controllo, poiché, all'infuori del gruppo a nessuno è permesso penetrare nel Circolo, che viene da noi chiuso coi chiavistelli.

Alla seconda domanda rispondo: nessuno è, né può essere mai nascosto dietro la tenda. Nelle sedute dell'estate scorsa, avvenne il fenomeno riferito dal Porro, che cioè, a fine di seduta, tutti i presenti ebbero strette replicate da una mano che sporgeva dai cortinaggi, tanto che il marchese D... nuovo a tali fenomeni, per moto umano naturale di sorpresa, sollevò bruscamente le tende, e tutti videro che non v'era nessuno. Identico fenomeno, che non accennai per brevità, accadde nella prima nostra seduta, e il signor Prati, appunto perché nuovo come il marchese D..., sollevò i cortinaggi, per accertarsi che non vi era essere umano visibile.

Alla terza domanda: i componenti il gruppo non solamente sono persone a me e agli altri notissime, ma per serietà morale superiore a qualunque sospetto.

E ora, alla terza seduta, ch'ebbe un crescendo d'intensità.

Si tenne la sera del 23 dicembre. In luogo del Prati assente da Genova, interviene il professor Mirelli, e ci disponiamo in questo ordine attorno alla tavola.

Tralascio il solito primo periodo di colpi fortissimi nel centro della tavola e di levitazioni e contatti di vario genere, dopo cui gli invisibili chiedono l'oscurità.

Una parentesi che, per moltissimi fra i lettori, è chiarimento necessario. Se luci moderate non distruggono, ma diminuiscono e turbano la compagine fluidica che permette agli invisibili di procurarsi la transitoria materiale consistenza, le luci forti addirittura la dissolvono. La dimostrazione più certa si ebbe nell'esperimento di Crookes con la Katie King, così da lui riferito:

Lo spirito di Katie si fermò contro la parete del salone, con le braccia aperte, attendendo la sua dissoluzione. Noi accendemmo tre forti becchi di gas. L'effetto su Katie King fu straordinario. Non resistette che un attimo, poi la vedemmo fondersi, sotto i nostri occhi, come un fantoccio di cera esposto a un gran fuoco. Gli occhi parvero affondarsi nelle orbite, il naso sparire, la fronte rientrare. Poi le membra si squagliarono e man mano il corpo dileguò. Più tardi ci fece sapere che la nostra curiosità scientifica le aveva causato forti sofferenze.

Con lampade fosforiche, come quella inventata da Crookes, o con altri congegni analoghi, certamente sarebbe possibile creare luci non contrarie alla vigoria dei fenomeni fluidici, e ci si arriverà: ma finora, non avendo nulla di simile, conviene, quando si voglia ottenere le manifestazioni più forti, rinunciare alle luci ordinarie.

Si fa dunque l'oscurità, e tosto il professor Mirelli si sente abbracciare, carezzar lungamente con espansiva affettuosità, poi scoccare sulla fronte, sulle guance, una serie di baci così sonanti, che tutti noi sentiamo concordemente.

Benché vi sia incertezza d'ogni verifica egli dice, con voce non esente da natural commozione sento intorno a me un insieme che pare, dico pare, la mia buona mamma.

Segue una pausa e poi, sinceramente, esclama:

Ecco: con atto lieve e delicato, mi asciuga le ciglia.

Segue, tra il professore e l'invisibile un breve dialogo intimo, durante cui sentiamo o ci sembra sentire le articolazioni assai fievoli dell'invisibile, le cui parole invece paiono soltanto percepite dal Mirelli, come se bisbigliate lentamente all'orecchio.

Poi, l'invisibile chiede la luce rossa. Allora, mentre vediamo nettamente la medium immobile e in uno stato d'ipnosi, mentre scorgiamo ben chiaramente le persone nostre e minimi lineamenti, tutti unanimi, senza contrasto nei dettagli, osserviamo svolgersi questo fenomeno. Il cortinaggio scuro, ch'è di stoffa molto lieve, molto flessibile, si agita e gonfia, come se, di esso coperta, s'inoltrasse lentamente una persona viva e appena velata. Si vede cioè, distinto come massa, il volume della testa, e i panneggi corrispondenti, quasi aderenti, alle braccia e alle mani sporgenti. Tal forma si accosta al Mirelli, lo accarezza, gli stringe vivamente la mano: poi, con un movimento del braccio destro, che tutti avvertiamo, sporge la mano, senza velo, fuori del cortinaggio, con cenno di saluto. Tal scena, in luce, dura a lungo, strana e commovente.

Più notevol fatto è questo. Ciascuno degli invisibili, se i lettori ricorderanno, ha voluto, in qualche modo, dare una prova, sia pur incerta, della propria identità. Ora, a un certo punto, la mano di quest'ultima entità alza la sinistra del Mirelli, portandola sulla fronte della medium in trance, verso il sopracciglio destro e il Mirelli, senza che noi si comprenda nulla, tosto esclama:
Ho capito... ho capito che cosa mi vorresti indicare: ma non era lì.
Segue qualche sforzo infruttuoso, sempre accennando allo stesso punto: quando, con gesto brusco di persona quasi spazientita, il dito del Mirelli viene rapidamente portato invece sulla fronte di lui, indicando un punto preciso, per cui egli esclama:
Ah, ora ci siamo!
E ci spiega che la madre aveva, in quel punto, vicino al sopracciglio, una piccola escrescenza cutanea.

Segue un periodo di luci vaganti, in alto, visibilissime. Alcune attraversano l'intero salone: altre vanno dal basso in alto: altre in senso contrario. Poi lo spirito di John, con una specie di giovialità, quasi volesse un po' dissipare le sensazioni della fase precedente, mediante un proprio intermezzo, ci dà una serie de' suoi fenomeni consueti: mette il tavolino sopra la tavola, mi alza il bavero, mi sfiora i capelli, fa feste a tutti gli altri, con gaiezza straordinaria.
Verso le ore ventitrè e mezza, comincia un succedersi di nuovi e più singolari fenomeni. Senza nessun contatto per parte nostra, John trasporta nel centro della sala la nostra tavola, e la volta, in modo che restiamo diversamente orientati.
Sentiamo che, sopra l'ancor più lontana scrivania, poggiata sul muro, John smuove bottiglia e bicchieri: leva il tappo e versa dell'acqua. Poi, man man, porge da bere a tutti, poggiando sempre il bicchiere esattamente sul labbro inferiore; a tutti tranne che a me, mentre, avendo una gran sete, gli chiedo insistentemente, quasi con noiosa petulanza, d'avere a conforto delle aride fauci una buona sorsata d'acqua fresca.
D'accordo! è un giochetto qualsiasi, ma giusto una sera, parlandone in conversazione, spegnemmo la luce elettrica, pregando un giovane signore, svelto e intelligentissimo, di fare altrettanto. Sopra sei persone sedute, imbroccò appena la più vicina a sinistra, con la differenza che, invece di portarle il bicchiere alla bocca, glielo appoggiò sul mento: quanto alle altre poi, o sopra o sotto, lo situò almeno un palmo lontano dalla testa: e giunto all'ultima persona, offerse invece da bere... a un vaso di fiori che, del resto, poteva anche averne bisogno.

John, compiuto il giro, torna a deporre bottiglia e bicchiere sopra la scrivania e batte fragorosamente le mani in alto palma a palma, con un'esplosione d'entusiasmo che pare vicina al soffitto.
Subito, il signor Morani, il quale è nel punto opposto alla medium e distante da lei circa tre metri, si alza in piedi, esclamando:
Eccolo! non può essere che lui.
Si fa un grande silenzio, e tutti sentiamo, dal particolare caratteristico fruscìo, che gli viene sbottonato il soprabito. Il Morani così man mano segnala:

Benissimo! mi prendono il portafogli... lo portano in alto... me lo sbattono sulla mano (e tutti sentiamo i colpetti relativi)... ora, non lo sento più... ecco, me lo ridanno, con carezze.

Poi, subito soggiunge:

Ecco, per me, una delle maggiori prove d'identità. Stasera, prima di venir qua, senza dir nulla a nessuno, neanche alla mia signora, ho messo nel portafogli una ciocca de' suoi capelli bianchi. Grazie... mi hai compreso!

Mentre così dice, egli si sente prendere la destra da una mano che gli toglie un anello dal dito e lo mette nell'anulare della signora Morani, la quale siede a fianco del dottor Venzi. Poi la mano dell'invisibile unisce ancora le due destre dei coniugi, battendo sopra essi colpi affettuosi, soddisfatti, che tutti sentiamo.

Da notarsi: tal fenomeno, della cui assoluta obiettività non rimane dubbio in alcuno, si svolge a più di due metri lunge dalla medium, ch'è in piena trance e che, molto esausta, dopo la seduta impiega quasi tre quarti d'ora a ripigliar conoscenza e a essere in grado d'alzarsi dalla sedia. Anche la catena dei presenti è completamente interrotta.

Noto, per esattezza di cronaca che, sopra uno strato di plastilina, acconciamente predisposto, si trova l'impronta di tre dita, ma di sì poco rilievo, che non se ne fa caso, come di fenomeno poco concludente. Ben altro si svolge, come dirò domani, nella quarta e per me decisiva seduta.

La quarta

Viene tenuta la sera del 26 dicembre: e sono presenti le sei persone componenti il gruppo, oltre la medium, che è tenuta, a destra dalla signora Morani, alla sinistra da me, che ho a fianco il dottor Venzi e di fronte il professor Porro.

La successione dei fenomeni si fa tosto così intensa e continua ch'è assai difficile serbarne completa e ordinata memoria. L'opera di John però si manifesta in minima parte. Si direbbe ch'egli, con delicato pensiero, considerata la maggior potenza delle forze medianiche, agevolanti i fenomeni, lasci deferente il posto alle altre entità che desiderano manifestarsi.

Ora, io non intendo, né potrei neanche fare, tal fu la copia e la varietà, il minuto resoconto delle varie manifestazioni speciali che ebbero per obiettivo gli altri membri del gruppo: preferisco soltanto accennare le principali, riservando l'analisi più accurata a quelle che specialmente mi riguardano.

Uno dei fenomeni più spiccati, consiste nella manifestazione evidente dell'entità che assume tutte le caratteristiche personali della figliola del professor Porro. Ella procede con tale prontezza e disinvolta logica di movimenti sensibili che, sebbene al buio, ci par quasi di vedere la personcina intenta alle operazioni di cui possiamo seguir tutte le fasi, col solo senso dell'udito.

Poiché, prima sentiamo che bacia il professore con festosa frequenza e col gentile scoppiettìo proprio dei baci infantili: poi che gli mormora, ma sillabando nettamente, il proprio nome, Elsa, ignoto a tutti noi. Poi, sentiamo che gli fruga nelle tasche e gli prende il portafogli. Egli ci avverte:

Ecco un fenomeno identico a quello del Morani: ella sa che ho messo una sua ciocca di capelli, dentro, e certo la va cercando.

Intanto, come se la creatura fosse sopra la tavola e nel centro, sentiamo tutti il rapido fruscìo delle numerose carte ch'ella sta, una per una, cavando dal portafogli.

Fatto questo, ella compie il giro della tavola, e quasi amabilmente scherzando, mette una o due carte qualsiasi, nella mano di ciascuno di noi. Dopo aver operato tale distribuzione, ricomincia il giro, ripiglia le carte, delicatamente, una a una, e man mano, come sentiamo, le rimette dentro il portafogli, che va poi a riporre nella tasca del professore. Tutto ciò si compie con tal precisione d'atti successivi che, ripeto, non uno ci sfugge.

In fin di seduta, alcunché di simigliante compie l'altra entità, che presenta i caratteri del padre del signor Morani, con questo di notevole: che, dopo avere estratto le carte, e distribuitele fra i presenti, c'ingiunge di far luce, quasi perché possiamo constatare gli effetti della distribuzione. Tra l'altro, sopra la testa della medium è stata messa una ricevuta commerciale: e un biglietto di banca da cinquanta lire sta sopra la sua mano sinistra, da me tenuta: mentre ad altri e a me furori poste fra le dita carte varie. La signora Morani si trova nella destra una lettera della sorella del marito, lettera di cui ignorava e, per ragioni plausibili di famiglia, doveva ignorare l'esistenza. Voglio notare, benché si tratti di particolari troppo intimi, che a detta della signora Morani, è un bene, nelle conseguenze, ch'ella abbia così avuto indicazione indiretta di detta lettera.

Ora, veniamo, senz'altro, alle manifestazioni speciali che particolarmente ebbero a scopo la mia persona e intorno alle quali devo riferire ogni particolare più minuzioso, perché tutto parmi abbia importanza e significato di obiettiva realtà.
Prego i lettori di ricordare ch'io, con la mia destra, tengo la sinistra della Palladino.
Il dottor Venzi ha portato il proprio fonografo, macchina perfetta, caricato e provvisto di un vergine cilindro di cera, atto a ricevere l'impronta d'un fonogramma. L'intento, in cui converrà che altri sperimentatori insistano, è questo: dal momento che gli invisibili possono essere fotografati ai lampi del magnesio, dal momento che dispongono d'organi vocali sufficienti a pronunciar parole e frasi percepite dal nostro orecchio, perché non riescirebbero a impressionare un fonogramma, e lasciarci così un documento perenne delle loro facoltà?
Il fonografo è collocato sul tavolino nel cantone, equidistante per un metro dalla medium e da me.
E qui, cade a proposito un ragionamento inoppugnabile, che vale a escludere l'ipotesi dell'allucinazione.
A un certo punto, sentiamo che la macchina fonografica è toccata, sto per dire frugacchiata, da qualcuno.
Qual è il nostro desiderio? qual è la comune aspettativa? qual è la generale suggestione, adatta a provocare il fenomeno allucinatorio? Non serve dirlo: tutti pensiamo e desideriamo che l'agente invisibile smuova la leva che imprime al cilindro il moto rotatorio, e parli dentro la tromba, per formare il fonogramma.
Invece no: in luogo d'un'allucinazione collettiva, così naturale, si verifica ben tutt'altro. Si prosegue a sentire non so quale stropiccìo metallico, tanto che il dottor Venzi, con una certa apprensione di proprietario dell'ordigno, mormora:
Si direbbe che smontino il fonografo.

Non ha finito di parlare, che prima io e poi lui, sentiamo curiosi, festosi e forti soffi negli orecchi e sulle guancie. Si capisce subito: hanno svitato la tromba del fonografo e vi soffiano dentro a tutta forza. Intanto io abbasso il capo, per moto istintivo di curiosità, verso il tavolino e sono colpito alla fronte dall'orlo superiore della tromba metallica, che subito si scansa.
Caro John esclamo mi hai fatto quasi male.
E subito sento una mano lieve e delicata che passa su e giù, presso la tempia destra, nel punto in cui mi sono incontrato con lo strumento.
Ma questa osservo non è la grossa mano di John: somiglia piuttosto a quella di Naldino.

Tre colpi confermano la mia ipotesi: sentiamo subito la tromba esser deposta sul tavolino (dove poi l'abbiamo trovata) e son fatto segno a ogni maniera di abbracci e di carezze. Nel frattempo, dico all'invisibile:

Sai che ho indosso qualche cosa che prediligevi?

Non ho finito le parole, che mi vien tolta la spilla dalla cravatta e viene deposta davanti al professor Porro, il quale sta di fronte a me. Appunto è una spilla che, dono di Ermete Novelli, fu sempre a Naldino carissima e prediletta. Superfluo soggiungere che nessuno dei presenti aveva alcuna nozione di tale oggetto.

Prego Naldino di manifestarsi con la maggiore intensità possibile: e son così lontano dall'allucinazione, che tal preghiera sembra piuttosto la quasi spietata ingiunzione d'uno sperimentatore che voglia raggiungere un risultato positivo, anziché l'invocazione d'un cuore agitato. Allora, da quelle mani, ch'io ben conosco, mi sento stringere, con pressione amorevole, sotto le ascelle, come per levarmi dalla sedia. Mi alzo in piedi e le stesse mani, con dolce insistenza, mi trascinano due passi in fuori, verso il tavolino e il cortinaggio, e mi voltano in modo che, per conservare più comodamente il controllo della medium seduta, passo la sua mano mancina dalla destra alla mia sinistra: così che mi vengo a trovare, in piedi, lontano dalla medium la lunghezza di quasi due braccia, e porgo l'attenzione più viva e scrupolosa a quanto sta per succedere.

Prima, ecco un abbraccio lunghissimo, in modo che sento appoggiato a me un corpo snello, d'una statura quasi eguale alla mia: e un viso, che appunto ha tutti i caratteri di Naldino, rimane, molti secondi, strettamente aderente al mio. Indi, un diluvio di baci che sono intesi da tutti i presenti, baci frammezzati da frasi tronche, che pur sono intese dagli altri, in dialetto genovese, con quel timbro speciale di voce circa il quale, come capirete, non è a me possibile nessun equivoco. Nettamente, sentivo dirmi dalla indimenticabile voce:

Papà mio! papà caro...

E poi, ogni tanto, degli oh Dio! non di dolore, ma come espressione di gioia traboccante.

A un certo punto, paion cessare i contatti con l'invisibile, eppur così tangibile; si direbbe ch'egli stia per dileguarsi, quando mi sento di nuovo stringere e ricevo tre baci forti, rumorosi quasi, che tutti sentono distintamente, e la voce mi dice, sempre in dialetto:

Li darai alla mamma!

Ci s'ingiunge di far luce e viene accesa la lampada elettrica. Allora, quasi l'invisibile voglia darci una prova ultima e certa della sua presenza, si rinnova il fenomeno accaduto al professore Mirelli nella precedente seduta: vale a dire che tutti vediamo avanzare verso me, che sto in piedi, una forma umana avviluppata nel cortinaggio scuro, forma che, per quanto si possa giudicare, corrisponde appunto all'entità che asserisce di essere: vediamo le braccia sporgersi e abbracciarmi ancora: e una sua mano, che posso ben distinguere attraverso il lieve tessuto, rimane a lungo, visibilmente chiusa nella mia destra, mentre con la sinistra non abbandono la medium, che tutti vediamo seduta, anzi abbandonata sulla sedia, come quando è nello stadio di un'ipnosi calma e profonda.

Ora, su questo lungo e ben definito ordine di fenomeni, non faccio commenti di sorta: ma questo soltanto voglio, con sincerità di animo, esprimere.

Si dica pure, secondo ciascun pensa, l'agente occulto non esser altro che uno sdoppiamento della medium. Si affermi che son tutti fenomeni dovuti alle proiezioni del subcosciente e alla traslazione dei centri automatici della Palladino. Mi si parli di egopsichismo, di forze fisiopsichiche, di quel che si vuole, chè io rispetto tutte le opinioni, e considero docilmente la probabilità di tutte le ipotesi, abbian carattere di scientifico positivismo, oppur siano intuitive e magari metafisiche. Ma non mi si venga a parlare di allucinazione, poiché contro sì facile quanto assurda accusa insorgo, con tutta la coscienza d'un intelletto equilibrato, acuto e logico, che presiede a sensi perfettamente funzionanti e normali.

A chiunque pretendesse elargirmi la patente d'allucinato, risponderei pacatamente così:

Sono pronto a riconoscere d'essere un allucinato al punto da non capire più ciò che vedo e sento, purché voi siate così gentile e buono di riconoscervi per un onesto idiota, che non sa quel che si dica.

La quinta

Anche in questa seduta, che si svolge la sera del 29 dicembre, mi trovo situato nel punto più lontano dalla medium, così che poco partecipo direttamente alle manifestazioni varie. Oltre i sei componenti il gruppo, sono presenti i professori Mirelli e Soris. Quest'ultimo, nuovo a tal sorta d'esperienze, tiene la mano sinistra della medium, mentre la destra è stretta dal professor Porro. Si comincia alla luce del gas.

Per uno spazio di tempo piuttosto lungo, atonia completa. Poi cominciano i moti sussultori della tavola, che finalmente stacca i quattro piedi dal suolo, producendo una levitazione totale ma di mediocre entità. Altre, a intervalli, ne seguono e si alza circa un palmo.

La medium, colle dita, batte colpi ritmici lievi sulla superficie, e un attimo dopo gli stessi colpi, più intensi, son ripetuti, come al disotto, nel centro della tavola.

Viene chiesta la luce elettrica rossa.

Il Soris dichiara d'avvertire contatti, senza precisarne l'indole. Pare gli vogliano togliere la sedia di sotto.

Il tavolinetto che sta nel solito cantone, lontano un metro dalla medium, alla vista di tutti s'accosta alla sedia del Soris, urtandola più volte in modo alquanto brusco, poi si alza e si corica, per così dire, sopra la tavola, di fronte alla medium, per poi portarsi, in posizione diversa, all'opposta estremità della tavola stessa.

Succedono vari contatti, a intervalli, con molta fiacchezza. La medium appare piuttosto stanca e preoccupata dalla scarsa fenomenologia.

Qua e là, i presenti dicono d'essere toccati, ma come di passaggio. Ogni tanto, nel centro della tavola, qualche colpo fortissimo e assai rimbombante. L'invisibile, coi colpi convenzionali, ordina:

Cambiate la disposizione della catena.

Seguendo le successive indicazioni avviene uno scambio di posto tra il professor Soris e il dottor Venzi.

Senza che alcuno tocchi gli interruttori, si spegne e si riaccende la lampada elettrica rossa. Altrettanto fa la lampadina bianca, situata nel centro del gabinetto medianico chiuso dai cortinaggi, attraverso cui passa la luce assai visibilmente.

Conviene notare che le perette automatiche le quali chiudono i fili conduttori delle lampade, nella sala, pendono abbandonate presso la parete, in un punto ch'è lontano almeno tre metri dalle mani della medium.

Continuano contatti più accentuati di mani e si avvertono correnti d'aria gelida.

A un tratto, il dottor Venzi, il quale tiene e vede distintamente la medium, immobile, con la testa reclinata verso il professor Porro, osserva formarsi, alla propria destra, alla distanza d'un palmo dal viso, come una massa globulare, vaporosa, biancastra, che si condensa in una forma più decisa, un ovale che man mano assume l'aspetto più definito d'una testa umana, in cui distintamente riconosce il naso, gli occhi, la barba a pizzo. Tal forma s'accosta alla faccia del dottore, il quale sente una fronte viva e calda appoggiarsi alla sua e restarvi qualche secondo. Poi avverte il contatto di tutto il profilo facciale col suo, con una pressione come di carezza, indi l'impressione di un bacio, dopo di che la massa sembra dileguare, vaporosa, verso i cortinaggi.

La medium cerca, con la mano, quella del professor Mirelli, che è in un punto lontano, e lo trae verso di sè. L'invisibile avendo chiuso le due lampade elettriche, non rimane che il debole chiarore della candela deposta, presso l'uscio, nell'anticamera. Il professor Mirelli, sempre tenuto dalla medio, viene ritto in piedi, a trovarsi nello stesso cantone ove io ero, nella precedente seduta, durante le manifestazioni di Naldino. In tal punto, giusto si proietta la maggior parte della luce della candela e come vediamo il professore, che ci volta le spalle, così possiamo vedere che, di fronte a lui, il cortinaggio si gonfia e si muove con quei panneggi esatti e speciali che denunciano le forme d'un corpo umano che si avanza. Il professore dice, man mano segnalando le sensazioni:
 Mi tocca... mi stringe fortemente... si appoggia contro di me... ma non parla... sono carezzato fortemente... ecco, mi bacia... mi bacia ancora... ma perché non mi parli?
Non si sente nulla, neppure lo sforzo di articolare qualche parola.
La medio dichiara di sentirsi come sfinita e si sospende la seduta, per un po' di tempo. Il professore Mirelli, avendo che fare altrove, si ritira.

Nella seconda parte della seduta, a sinistra della medium siede il dottor Venzi e a destra la signora Morani.
Colpi fortissimi risuonano nel centro della tavola: una tamburella e una chitarra vengono trasportate, suonando, di qua e di là, al disopra delle nostre teste.
Tutto in un momento, la signora Morani e il dottor Venzi, che stringono la mano della medium, dicono concordi:
 Le nostre mani vengono sollevate in alto.
Essi credono che la medium si sia alzata in piedi, ma invece si verifica ch'ella, con la sua sedia, si trova nel centro della tavola. Ora, è necessario dire che questa rozza tavola di legno bianco, sia perché costruita all'ingrosso, sia per il lungo uso delle frequenti sedute, oltre avere il piano superiore spaccato da cima a fondo, traballa non poco sulle quattro gambe, non fortificate da regoli, e offre assai scarse garanzie di resistenza. La medium, per due volte, viene alzata ancora e riposta a sedere sopra la tavola, che manda scricchiolii significanti e vacilla in maniera punto rassicurante, per cui la medium, con accento di schietta paura, si raccomanda, con tutta la vivacità del dialetto napoletano:
 Voglio essere scesa; calatemi subito.
Gli astanti eseguiscono.

Ciascuno ripiglia il proprio posto e, stante l'ora tarda, si decide di chiudere l'ultima seduta con una specie di saluto collettivo a John King. A un tratto, il dottor Venzi è stretto da due braccia robuste, e una voluminosa testa, a contatto con la sua, lo bacia. Subito, eguale impressione è avvertita dalla signora Morani. Indi, la destra del signor Morani è afferrata da due mani larghe, che la portano in alto, e battono fragorosamente contro la sua. E così, man mano, tali dimostrazioni di affettuoso congedo toccano a tutti i presenti, quando sentiamo la voce del signor Prati esclamare:

Grazie, grazie! questa, per me, è veramente la degna chiusa delle sedute. Grazie! hai compiuto, in modo perfetto, il mio desiderio.

Gli chiediamo che cosa succeda e così egli riferisce:

In principio di seduta e con gran cautela che nessuno di voi se n'è accorto, ho nascosto, in un interstizio della grossa scrivania, ch'è là, una moneta antica, esprimendo mentalmente il desiderio che John, al termine della seduta, la prenda e me la consegni con una stretta di mano. Tutto si è verificato a puntino. Due larghe braccia mi hanno dato un amplesso affettuoso prima, e poi ho sentito mettere nella mia mano destra la moneta nascosta, la moneta antica: eccola qua.

I PRECAUZIONISTI

Per il controllo del medium

Tutti mi scrivono. Tutti vogliono sapere. Tutti hanno qualche osservazione da fare.

E io, con paziente diligenza, ho letto questo cumulo di lettere, che s'è addensato sopra la scrivania. Le domande e le obiezioni dimostrano essere l'interesse fortissimo in tutti, ma, sebbene lo stile epistolare e la serietà del contenuto attestino in molti una cultura elevata, mancano in essi le nozioni più elementari della materia, poiché affacciano questioni primitive, che da ben lungo tempo sono esaurite. Quasi tutti, a esempio, mi chiedono se le manifestazioni sian limitate a fenomeni materiali o anche puramente meccanici, mentre smisurato è ormai il numero dei fenomeni elevati di puro spiritualismo, parecchi dei quali esporrò in seguito, poiché vedo che son dai nove decimi fra i lettori del tutto ignorati.

Tutti gli scriventi, poi, sempre per la stessa ragione, insistono sopra la necessità d'una rigorosa sorveglianza e propongono anche sistemi vari, uno più ingegnoso dell'altro. Ora, io affermerò cosa che parrà strana, ma è vera: con la Palladino, ormai, il controllo si osserva solo per abbondanza, solo per poter dire agli altri: abbiamo fatto così e così ma tutti coloro che seriamente hanno sperimentato e valutato, sanno che tal precauzione è del tutto superflua.

Per dimostrar l'evidenza di tale asserzione, avevo in animo di citare i brani delle lettere e commentarli, caso per caso, ma invece m'è capitata un'occasione imprevveduta che ha mutato, semplificandolo di molto, il mio proposito.

Nel passare per piazza Corvetto, vengo chiamato da un gruppo di vecchi amici, i quali stanno discutendo con molta animazione.

 Giusto voi! mi dice uno venite un po' qua, a dire il vostro schietto parere, sopra le idee recise dell'amico Scipione.

 Bravo! esclama Scipione cascate come il solito cacio sui maccheroni. Stiamo discutendo sulla Palladino...

Scipione Tacchetti è una persona di garbo, un po' cocciuto nelle proprie opinioni, ma di buon conto, scettico e avveduto, come un vero genovese che suol portare nei traffici la freddezza logica della nostra stirpe.

 Tacchetti osserva uno dei presenti non crede affatto ai fenomeni.

 Che farci? Il mondo è pieno di Tacchetti che credono e di Tacchetti che non credono: c'è posto per tutti.

 Un momento! soggiunge Scipione mettiamo le cose al posto. Ho detto che crederei soltanto qualora i fenomeni avvenissero nelle condizioni che dico io.

 E sarebbero?

 Prima di tutto, vorrei un locale di mia scelta.

 Credete dunque che il Circolo Minerva sia apparecchiato, con botole e altri meccanismi, come un palcoscenico preparato pei giochi del prestigiatore Vatry?

 Credo quel che credo: fatto è che mi fido soltanto di me: per cui comincio dal portare la medium in un locale di mia piena fiducia, cosa cui nessuno ha mai pensato...

 Pardon! ci ha per lo meno pensato il professor Angelo Brofferio, incredulo come voi, ossia ignorante, il quale andò a Napoli, per la prima volta, e si portò l'Eusapia nella propria stanza, la stanza ignota d'un albergo, alla medium sconosciuta...

Sia pure: ma c'è dell'altro... (con accento vittorioso) ma io esigo cioè che i presenti siano persone a me note e di mia assoluta confidenza: in modo che sia escluso l'intrufolarsi d'uno o più compari...

Anche a questo aveva pensato il Brofferio, poiché le persone presenti erano una persona sola, ossia il fratello suo, anch'egli nuovo di Napoli e delle sedute: e loro due soli tennero sempre le mani della medium.

E che successe? chiede Scipione.

Successero i fenomeni consueti, tanto che tra il professor Brofferio e il fratello, appena partita la medium, seguì questo dialogo testuale: Che come ne dici? Ma cosa succedono queste cose? Non so; ma ti pare che le faccia lei? Lei, con le sue mani, no sicuro. Bene; l'esser sicuri di questo è già una cosa!

Scipione, leggermente scosso, ma tutt'altro che vinto:

Sia pure! ma io osservo: dal momento che i due fratelli Brofferio avevano l'Eusapia a loro discrezione, perché non l'hanno legata come un salame? Io farei certi nodi, che io solo so fare...

Calma, caro: esistono anche altri che sanno, se Dio vuole, annodare una fune. Giusto di fresco, in una seduta in casa Peretti, si fece qualche cosa di meglio. Intorno alla tavola, furono assicurati solidi occhielli a vite: poi la medium fu legata come un salame appunto; i capi della fortissima fune furono passati negli occhielli, poi girati intorno a ciascun dei presenti, e ripassati nella rispettiva coppia d'occhielli, e infine fortemente annodati, da mano marinara, all'altro capo della tavola: per modo che, sto per dire, quelle sette persone formavano, caro Scipione, un salame solo.

E allora?

E allora, si svolsero ancora i soliti fenomeni: come spiegate la faccenda?

Io la spiego nel senso che bisogna trovare qualche cosa di ancora più certo. Intanto, voi dite che le legarono braccia e mani, ma i piedi? io vorrei chiudere anche i piedi...

Alto là! siete in ritardo, Scipione! nelle sedute di Milano, 1892, i piedi della medium furono chiusi in una cassetta fabbricata apposta, da cui non solo non potevano uscire, ma con le due punte, sporgenti appena da due buchi, dovevano attestare l'immobilità ai presenti, ch'eran cime di scienziati. Si andò ancora più oltre. Si volle vedere, addirittura le punte dei piedi scalzi. Vi basta?

Pure, fu bene in tali sedute che il TorelliViollier scoperse un trucco?

Ossia, credette di averlo scoperto: ma fu recisamente smentito, con chiare dimostrazioni, da un eminente scienziato, Charles Richet, il quale, per vostra regola, era contrarissimo allo spiritismo. E se non basta, vi è la relazione coscienziosa di M. Wagner, professore di patologia, nell'istituto anatomico di Pietroburgo, non solo antispiritista, ma diffidentissimo verso la Palladino, con la quale sperimentò a Napoli nel 1893.

E come ne ha controllato le mani?

Le ha tenute sempre nelle sue.

Ah! questi poveri scienziati sono proprio di manica larga. Come mai non hanno saputo inventare un congegno tale da escludere ogni sospetto? Io per esempio...

Hanno inventato anche questo, Scipione mio. Furono cioè costrutti, nelle esperienze di Carqueiranne, 1894, apparati di precisione, grazie a cui ogni moto sospetto della medium era denunciato subito dallo scoppio di una batteria di campanelli elettrici. Poi, negli esperimenti dell'Agnèlas, 1895, diretti dal De Rochas (un antispiritista, tra parentesi) si ricorse a qualche cosa di più convincente ancora. In pienissima luce, badate bene! Sabatier e de Gramont si sdraiarono a terra, per tenere e vedere insieme i due piedi d'Eusapia. Il De Rochas ne strinse i ginocchi. Le due mani della medio furono immerse in due vasi di cristallo, pieni di acqua, e sempre alla vista di tutti...

E allora? domanda ansioso Scipione.

Allora, la tavola, in una luce meridiana, si alzò dal suolo per l'altezza verificata di venticinque centimetri, rimase in aria tre minuti secondi e ricadde sui suoi quattro piedi. Vi basta?

Scipione mugola:

Sarà! ma tant'è... se non vedo io, coi miei occhi...

Caro Scipione, parliamoci chiaro: i vostri occhi sono splendidi, d'accordo! ma non vorrete ammettere che, in un centinaio di scienziati, fra i più valenti d'Europa, esista almeno un paio d'occhi simili ai vostri? Voi avete un cervello molto acuto, per quanto abbiate con cura evitato di darne prove luminose all'umanità, ma non vorrete concedere che tra uomini come Gigli, Lombroso, Ascensi, Tamburini, Bianchi, Morselli, Schiapparelli, Finzi, Gerosa, Brofferio, Porro, Ermacora, Aksakoff, Richet, Zöllner, De Rochas, Du Prel, Lodge, Ochorowicz, Dobrzcki, Ségard, Sabatier e cento altri, per quattro quinti contrari all'ipotesi spiritica, ne esista uno, almeno uno, che abbia un grazioso cervellino solido e capace quanto il vostro? Non vorrete ammettere che tutti questi professori, i quali per lo meno hanno la lunga pratica delle esperienze di laboratorio, mentre voi non avete sperimentato neppure il lunario di Chiaravalle, possiedano facoltà indagatrici e critiche?

Certe volte risponde Scipione, alquanto impacciato, ma soprattutto stizzito ne sa più un ignorante di cento dotti. Per esempio io che, secondo voi, sarei un asino, intanto ne ho pensato una, che a tutti i vostri dotti è sfuggita. Ne parlavo un momento fa a proposito delle levitazioni...

È vero... Tacchetti ha ragione! esclamano gli altri scommette cinquanta marenghi che, col suo sistema, il fenomeno non si verifica.

E Scipione, con accento trionfale:

Ecco qua, come procederei. State a sentire. Io metto un tappeto sotto la sedia della vostra Eusapia e dò i quattro capi a quattro amici, pronti a un mio segnale...

Mi scappa un sorriso e lo interrompo:

Anche qui, Scipione mio, siete in ritardo. Non un tappeto fu messo sotto la sedia, ma un pezzo di tela di cotone, di sottile calicot, di quello che si lacera solo a guardarlo, tenuto poi per i quattro capi, appunto come vorreste voi. Quando gli invisibili alzarono in aria il medium seduto, i furboni del vostro stampo, a loro volta, alzarono il calicot e dopo avere così... constatato intanto che medium e sedia erano sicuramente per aria, ebbero pure la certezza che sedia e medium ridiscesero con lentezza, in modo da non sfondare quel tessuto così facilmente lacerabile.

Scipione rimane ammutolito, per qualche minuto. Poi, si stringe nelle spalle, e conchiude:

Voi dite la vostra, io dico la mia; ma ripeto: se non vedo, non credo! E ora, scusate, vado a impostare certe mie lettere di premura per il Brasile. Il postale parte alle quattro e...

Una domanda: l'avete mai visto il Brasile?

Io no.

E ci credete?!

Ho dimostrato che, conseguita la certezza delle facoltà medianiche nel soggetto, ogni controllo è sicuramente inutile.

Adesso, spero dimostrare in qual modo una o più volontà contrarie possono ostacolare lo svolgimento dei fenomeni medianici: come cioè sia condizione necessaria che i presenti credano o no nell'ipotesi spiritica si conservino in uno stato d'animo esente da pressioni, sia favorevoli che contrarie.

Chiunque sia, semplice cultore o scienziato non potrà mai avere criteri razionali sopra la medianità, se prima non ha larghe e precise nozioni su l'ipnotismo.

L'ipnotismo è l'anticamera della medianità.

Ricordiamo, di passaggio, che la solita scienza ufficiale, cristallizzata, ha lungamente chiuso la porta in faccia all'ipnotismo, creduto dapprima un qualsiasi giochetto di saltimbanchi di piazza. Non ci volle meno degli studi magistrali di Braid, di Bernheim e di Charcot per introdurlo nel sancta sanctorum delle cliniche e delle università. Oggi, non c'è libero docente, non c'è studentello che non sappia sciorinare, densa di fatti e di teoriche, tutta la fenomenologia dell'ipnotismo. Non passeranno neppur vent'anni, che si potrà dire altrettanto della medianità.

Che cosa è, all'ingrosso, un ipnotico?

Un individuo il quale, per virtù propria e per influenza altrui, cade in un singolare letargo, in una strana atonia del proprio io e pensa e agisce sotto la suggestione altrui.

Avviene cioè uno sdoppiamento e una sostituzione talora completa, come se, dentro il corpo di Tizio, ipnotizzato, fosse entrata la psiche dispotica di Caio, ipnotizzatore, tenendolo in piena balìa.

Che cosa è un medium?

Già dissi che tutti possono accettare la razionale definizione del dottor Visani Scozzi:

 Noi dobbiamo ritenere il medium come un ipnotico puro, o come un ipnotico isterico, se si tratta di alti gradi della medianità.

Al cominciare dunque d'una seduta, l'Eusapia è un'ipnotica la quale si dispone a traversare i vari stadi, per lo meno tre, onde arrivare all'ipnosi profonda della medianità.

Come tutti gli ipnotici, ella pertanto è soggetta alle autosuggestioni prima, e insieme alle suggestioni dei presenti.

Supponete ch'ella sia circondata da cinque decise volontà contrarie: e che ne avverrà? O essa tenterà sforzi eroici di ribellione, agitandosi in una semiimpotenza: o dovrà subire tal corrente suggestiva e non succederà più nulla, poiché ella non potrà più piegarsi alle condizioni di passività necessarie alla produzione dei fenomeni medianici.

Quand'anche le fosse dato di raggiungere un primo grado d'ipnosi, e facesse qualche cosa, ella si troverebbe sotto l'imperio dei presenti; gli atti suoi sarebbero automatismi imposti dalla suggestione di coloro che la circondano e non avrebbero nulla che vedere con la medianità.

Mi pare d'esporre in forma nitida la materia alquanto sottile e astrusa: a ogni modo, per chiarir meglio l'argomento ai profani di ipnotismo, ricorrerò a quanto ha riferito il medio Hudson Tittle, dal quale lo stesso Buchner, vale a dire il principe dei materialisti, ha pure accettato e tolto in prestito parecchi dati scientifici.

Hudson Tuttle, nel suo libro Arcana of Spiritualism, così chiaramente si esprime:

 Uno spirito, che si sia impossessato di un medio, agisce su lui, né più né meno, come un magnetizzatore vivente. Per cui, quando si tratta di un medio nel quale non sia completo lo sviluppo della medianità, riesce molto difficile distinguere quali siano i fenomeni prodotti dal magnetismo dei presenti, e quali prodotti invece dal magnetismo delle entità spirituali. Quando il medium è in uno stato di estrema suggestionabilità, egli riflette, per suggestione mentale, i pensieri degli astanti, nel qual caso è facile equivocare e prendere per un fenomeno spiritico ciò ch'è soltanto l'eco dell'intelligenza dei presenti. Lo stato che rende un medium atto a subire l'influenza d'uno spirito, lo sottomette, nello stesso grado, a subir quella di un essere umano: per cui, i gruppi spiritici, possono essere, spesso, zimbello delle proprie illusioni.

A me pare che Hudson Tuttle esprima la più sincera e limpida verità. Non intendo pronunciar sentenze, ma è mia convinzione personale che, su cento fenomeni qualificati spiritici, per più della metà siano soltanto il riflesso incosciente dell'intelligenza degli astanti. Occorre quindi un acutissimo e profondo studio di analisi, per distinguere i veri fenomeni dagli illusori. Ma i veri, come confido dimostrare, esistono.
Intanto, mi pare lecito asserire che la medium Eusapia, come qualsiasi altro medium di egual potenza, produce tre ordini di fenomeni, tutti egualmente sinceri (anche se taluni della prima categoria abbiano parvenza di frode) che si possono classificare così:
 Fenomeni d'autosuggestione.
 Fenomeni di suggestione dei presenti.
 Fenomeni suggestionati dagli spiriti.
Non credo tale classificazione arbitraria, perché coincide con le conclusioni d'un sapiente indagatore, il quale manifesterà a suo tempo le oneste e assai meditate conclusioni e che intanto, in privati colloqui, ebbe a dire:
 Risultano tre classi di fenomeni, sopra la cui spontaneità non c'è dubbio: i primi, secondo me, dipendono dalle forze psichiche dell'Eusapia; i secondi, dalle volontà individuali o collettive dei presenti; quanto alla terza categoria, si possono arrischiare delle ipotesi, ma sarebbe audace presunzione formulare delle teorie assolute: per quanto a me ripugni sempre l'ipotesi dell'intervento spiritico.

Vuol dire che io potrei essere pienamente d'accordo con l'eminente scienziato, se modificassi la dicitura della mia terza categoria.
Invece di dire: Fenomeni suggestionati dagli spiriti, dovrei limitarmi a quest'altra più riservata, più prudente definizione:
 Fenomeni prodotti da forze ancora occulte.
Se abbia ragione o torto di mantenere piuttosto la prima dicitura, i lettori vedranno e giudicheranno in seguito. Per il momento, il mio scopo è soltanto quello e spero averlo raggiunto di chiarire l'essenza intima, automatica, della medianità: l'indole delle supposte frodi, la difficoltà estrema di partecipare alle sedute senza perturbarne lo svolgimento: infine la necessità d'un elevatissimo raziocinio per distinguere il vario carattere, così amalgamato, così facilmente confuso, eppur così dissomigliante, dei fenomeni medianici.

Quali sarebbero dunque i caratteri speciali delle manifestazioni spiritiche, tali da non lasciar dubbio circa la loro essenza?

In luogo di teorie, mi servirò di esempi, cominciando con quello tipico di Laura Edmunds, figlia d'alto e rispettabile senatore e magistrato americano. In una seduta medianica, in mezzo a un circolo di persone, la signorina medium si rivolse a un greco, il signor Evangelides, e gli parlò in lingua greca, lingua a lei e agli altri presenti sconosciuta. Videsi l'Evangelides farsi pallido, esangue, con l'espressione di un tragico stupore, vacillare e quasi perdere i sensi.

La medium gli aveva annunciato la morte di un figliolo, ch'egli aveva lasciato in patria e credeva in perfetta salute.

Assai giorni dopo, una lettera dalla Grecia confermava la luttuosa novella.

Prima di tutto, Laura ignorava l'idioma greco. Non poteva dunque neppur capire quello che andava dicendo. Se mi ci metto, io posso ben ripetere una frase indiana: ma ignoro quello che significhi e non posso esercitare, sopra di essa, il mio pensiero. Sono un fonografo vivente e null'altro. Conviene quindi escludere che il fenomeno scaturisca dal cervello della medium.

Dunque, la suggestione altrui? Neppure tale ipotesi regge, poiché il signor Evangelides, tranquillo e sereno, non pensava neppure per ombra alla morte del figlio, ch'egli credeva vivo e sano, in mezzo alla famiglia.

Ecco dunque che un medium, sotto l'imperio d'uno spirito, manifesta in lingua sconosciuta un fatto vero, accaduto lontano mille miglia, e da tutti i presenti ignorato.

Altra categoria dei fenomeni, della quale potrei addurre numerosi esempi, presenta indubbia fisionomia spiritica.

Si chiude in una cassetta carta e matita, si suggella la serratura, e poi su quei fogli bianchi si trova una comunicazione scritta con la calligrafia di quel defunto stesso, che s'è annunciato come spirito presente. Mi basti dire un sol caso, dei tanti.

Un ricco e notissimo signore parigino, del quale ora non ricordo esattamente il nome, aveva perduto una figlia adorata. Egli non credeva affatto ai fenomeni medianici; pure, avendo letto qualche cosa sui giornali intorno alla medium Piper, senz'altro partì per l'America del nord, si presentò, sconosciutissimo, alla medium, e senza dirle affatto se si trattasse di figlia, figlio o altro parente, volle tentare la comunicazione, per mezzo della scrittura diretta. Egli stesso provvide la carta bianca, che pose nella cassetta vuota, che poi chiuse con la propria mano, apponendovi i propri sigilli.

Quando la medium affermò essere compiuto il fenomeno, egli dissuggellò la cassetta, e vi trovò una lettera di dieci o dodici righe, contenente espressioni familiari della figlia morta, con la calligrafia identica e la firma consueta. Fra l'altro, nella furia della partenza, egli s'era scordato di munirsi d'autografi della defunta: ma inutile dire che i suoi occhi paterni non ne avevan bisogno per verificare l'identità. Il confronto avrebbe dovuto servire soltanto a convincere gli altri. Appena tornato a Parigi, egli fece fotografare e pubblicò i facsimili d'una lettera della figlia quand'era vivente, e la lettera scritta dallo spirito. Ho veduto tali riproduzioni: il carattere era di perfetta identità.

Nella lunga serie di esperimenti da me tentati, tre risultano veramente fenomeni di sicuro carattere spiritico.

Il primo è, per sé, di lieve entità, eppure significante e di notevole sincerità.

Due anni fa, una sera, nel mio salotto, eravamo in cinque persone di famiglia, intorno al tavolino, seguendo alcune comunicazioni tipologiche. A un tratto, entra un amico, giovane signore venticinquenne, il quale doveva trasmettermi una lettera urgente. Del tutto ignaro delle pratiche medianiche, egli s'arresta quasi su l'uscio, interdetto, senza capir nulla di nulla.

Voi tutti potete farvi l'idea, mi figuro, di uno il quale, non avendo mai inteso neanche a parlare di spiritismo, entri in una sala, dove crede che la gente stia pigliando il caffè, e veda al contrario cinque o sei persone sedute, in tondo, con le mani sopra una tavola, e senta una voce, che con frettolosa e affliggente monotonia bisbigli:

A... b... c... d... dice d... a... b... c... d... e... dice e... a... b... c...

Per giunta, siccome desideravo non interrompere la comunicazione, feci cenno al giovane amico di star zitto, sedere e aspettare. Egli, tutto meravigliato, siede confuso sopra un piccolo divano, lontano da noi, presso l'uscio, e guarda il gruppo, senza capire, e probabilmente supponendo che facciamo un gioco di società con relative penitenze.

La tavola si ferma per alcuni secondi. Poi, ripiglia a muovere, ma in modo tutto diverso. La persona che raccoglie le indicazioni alfabetiche, esclama:

Non si capisce più nulla! non fa che ripetere Mailati... Mailati.. Mailati...

A queste parole, il giovane balza in piedi, gridando stupefatto:

Mailati era mio nonno!

Il tavolino dà tre colpi rapidi e secchi, che significano sì e ripiglia a dettare:

Pietro Mailati.

E il giovane, più che mai stupito:

Ma sì, appunto: si chiamava Pietro Mailati.

Succintamente, alla meglio, spiego al giovane che lo spirito del nonno vuol comunicare con lui. Egli, sorpreso e confuso da un fenomeno per lui nuovissimo, resta in piedi accanto a noi; rivolge una folla di domande all'invisibile per accertarne l'identità, e per mezzo del tavolino gli vengono date esattissime risposte. Tra l'altro, gli sono ricordati minuti episodi d'infanzia: e l'invisibile narra di che e come sia morto, e dà pur l'indirizzo preciso della strada, casa e città dove, lontano dal suo luogo nativo, è seguito il decesso, e tante altre particolarità così precise, da non lasciare nell'animo del nipote dubbio di sorta.

Vi prego, adesso, di riflettere alle circostanze in cui s'è svolto fenomeno così spontaneo. Ai presenti era ignoto il casato del nonno, anche perché, trattandosi del padre della mamma, era tutt'altro del cognome del giovane amico. Nessuno del gruppo, a ogni modo, sapeva se questo nonno fosse vivo o morto.

Non si può del tutto escludere, ma certo è improbabile e inverosimile, che il nipote, ignaro di quanto si svolgeva sotto i suoi occhi, abbia suggestionato la medium: tanto più poi ch'essa, come gli altri, era in uno stato normale e calmo, quindi punto propizio a subire suggestioni.

Il dialogo seguito tra nonno e nipote risultò, infine, di tal natura da escludere ogni forma suggestiva, tanto più che il nipote non entrò nel circolo e non ebbe contatto di sorta col tavolino, né con la medio. Per cui, a dispetto di tutte le altre ipotesi, parmi di poter situare il caso tra quelli d'indole puramente spiritica.

Passiamo a un altro di assai maggiore rilievo.

La seduta, a cui partecipo, si svolge a Roma, nel salone del principe R***. Sono presenti nove persone. Il medium è in piena trance, seduto nel vano della finestra, preparato a gabinetto medianico.

Sentiamo il suo respiro alquanto oppresso, con un ritmo continuo, che sta fra un russare lieve e un lieve rantolio.

A un certo momento, vediamo formarsi due nuclei di luce: poi, al di qua della tenda (io non ne son lontano un metro) mentre al di là sentiamo sempre il rantoloso e regolare respiro del medium, vediamo apparire nettamente una testa illuminata, con un panno bianco sui capelli, e due braccia in penombra, aperte, con due mani in alto, tra le cui dita traspaiono sottili strisce di luce, come se stringessero due globi luminosi. La faccia è visibile in ogni sua particolarità, tranne gli occhi che rimangono nascosti nell'ombra delle occhiaie. Pare la testa d'un uomo trentacinquenne, magro, regolare, con baffetti a punta, biondicci, mento e zigomi pronunciati.

L'apparizione tosto dilegua: io la prego di mostrarsi ancora, e rieccola una seconda volta: e poi una terza volta, assai più a lungo, per uno spazio di tredici o quattordici secondi, durante i quali procuro di fissare nella memoria i lineamenti.

Chi mi conosce, sa che la mia vista è talmente, da lungo, esercitata nella ginnastica del disegnatore, che mi basta fissare per poco una faccia, per poi schizzarne il ritratto con precisione sufficiente. Certe volte, per necessità di professione, disegno ritratti di persone che non avrò visto da dieci o dodici anni. E voglio ricordare, a tal proposito, come feci la conoscenza dell'illustre senatore Fogazzaro.

Non avevo avuto mai la fortuna d'incontrarmi con lui. Quattro o cinque anni addietro, vidi soltanto una sua fotografia: null'altro. Son pochi mesi, sotto i porticati del teatro Carlo Felice, osservai un signore che si faceva lustrare gli stivali. La mia memoria e le facoltà visive, proprie di chi ha l'abitudine del disegno, non potevano ingannarsi. Tanto che mi avvicinai e gli dissi:

Lei è bene il senatore Fogazzaro?

Precisamente. mi rispose alquanto sorpreso.

E io son il tal dei tali, che da tempo desidero vivamente di conoscerlo.

E stringemmo, in modo così inaspettato, una relazione cordiale, che ebbe la più affettuosa riconferma poi a Vicenza, nel Teatro Olimpico, durante la rappresentazione indimenticabile di Edipo Re.

Tutto ciò valga ad accertare il lettore che, quando, a seduta finita, schizzai sul mio albo la testa comparsa, essa, sebben fatta a memoria, non era punto lontana di troppo dalla somiglianza perfetta.

Ora, bisogna sapere che l'entità manifestatasi in forma luminosa, dice chiamarsi Giulio Delgrande, romano, ed essere lo spiritoguida del medium: e sapere altresì che questo Giulio suole rispondere per bocca del medium stesso (la cui voce, in tali momenti, pare quella d'un altro) e che, prima di separarci, ci aveva detto:

Se desiderate un ricordo mio, andate domattina a Campo Verano, dove stanno rinnovando le fosse, poiché la mia sta per essere completamente distrutta.

Tra i presenti, esclusi due o tre, trattenuti da altre faccende, ci si diede convegno a un'ora fissa, presso la cancellata del monumentale cimitero della capitale. Trovai al convegno il principe R*** con sua sorella, il generale B*** con la sua signora, la signora M*** e il commendator B*** alto funzionario della Corte dei conti. In una giornata umida e grigia, attraversammo tutta l'immensità di Campo Verano, avendo saputo dai custodi che la serie delle fosse che s'andavano rinnovando appunto stava alla estremità opposta della necropoli.

Infatti, presso il muro di cinta, nei campi comuni dei poveri diavoli, trovammo una ventina di manovali che, canticchiando e fumando la pipa, col freddo stoicismo del becchino d'Amleto, scavavano, sui vecchi tumuli, una lunga fila di fosse novelle.

Tra gli sterpi, tra l'erbe alte e folte, tra i cumuli di terra smossa di recente, cercammo in silenzio, e proprio vicino all'ultima fossa a sinistra, sotto piante abbattute, trovammo un frammento di croce di marmo, sopra cui, tuttoché sbianchite dal tempo, si leggevano lettere scolpite, che dicevano:

... iulio Delgrande morto il...

Cercammo il rimanente, ma non trovammo altro che scaglie infrante dal piccone, e sordidi avanzi di corone funebri. A un tratto, sotto un mucchio di sterpi, dentro la fossa, vidi un fangoso pezzo di carta.

Lo raccolsi: era un cartoncino lacerato. Lo pulii col fazzoletto e si vide ch'era una fotografia stinta dal sole: una di quelle fotografie che l'ingenua pietà dei consanguinei mette nelle corone e appende alla croce che ricorda l'estinto.

Orbene, quella fotografia, tuttoché sì mal ridotta, conservava i lineamenti d'una testa, che somigliava del tutto a quella che era apparsa la sera precedente, e abbastanza al disegno che avevo schizzato sopra una pagina dell'albo, tanto intendo quanto potesse bastare per una sufficiente identità.

Metto dunque tal secondo fenomeno tra quelli che non si possono spiegare con l'ipotesi spiritica.

Il terzo fenomeno, come chiaramente dimostrerò, non può avere spiegazioni di sorta, se non si accetta l'ipotesi spiritica. Parlo dell'intervento reale, tangibile e visibile, di entità che dicono essere spiriti di persone defunte, e che si presentano con forme e forze fisiche del tutto simili a quelle di esseri viventi e parlano anche, col timbro di voce loro, e lasciano tracce materiali della comparsa temporanea.

Non occorre ripetere le ragioni ben logiche e nitide davanti a cui non regge il preconcetto della frode, né quello dell'allucinazione. I fenomeni che abbiamo presenziato si sono svolti in condizioni tali da escludere affatto l'uno e l'altro sospetto. Ma vi è ancora un altro argomento fortissimo.

Quello che dal nostro gruppo fu inteso, visto e toccato con mano, corrisponde esattamente a quel che hanno inteso, visto e toccato centinaia d'altri gruppi, composti di persone sane, fredde, dotate di penetrazioni scientifiche, in cento sale diverse, in cento diverse regioni, e sotto mille diverse predisposizioni d'animo. Come è lecito supporre che allucinazioni compagne si ripetano, per lungo ordine d'anni, in forme identiche, a Napoli e a Genova, a Roma e a Milano, a Londra e a Berlino, a Parigi e a Pietroburgo, a Madrid e a Boston?

Sono quindi in una logica perfetta, quando penso e dico:

Se il Wallace, se l'Aksakoff, se il professor Brofferio, se il dottor Visani Scozzi, in vario tempo, in condizioni diverse, in località disparate, come apprendo dalle minuziose relazioni loro, hanno visto e verificato fenomeni identici ai miei, sono esatte le percezioni loro e le mie.

E a questo punto, non posso far di meglio che ripetere il lucido ragionamento del professore Angelo Brofferio:

Escludo l'impostura, anche per l'apparizione dei fantasmi. Non l'escludo solo perché ho visto io; giacché, se credessi aver assistito io solo a una materializzazione, andrei subito a consegnarmi al manicomio. E non l'escludo solo perché han visto gli altri; giacché, finché non ho visto, sono sempre stato inclinato a credere che fossero stati corbellati. Ma se hanno visto anche gli altri, vuol dire che io non sono matto: e se ho visto anch'io, vuol dire che gli altri non sono stati corbellati. Il lettore, se non ha assistito a materializzazioni, ha perfettamente il diritto di fare con me come io facevo con gli altri, e di sospettare che sia stato corbellato anch'io per il primo, o piuttosto per l'ultimo. Ma, se ha giudizio, sperimenterà anche lui. Né fantocci dell'Holden, né compari dell'Hermann possono imitare esseri che sono vivi come noi, ma non fatti come noi, di una sostanza che può avere la robustezza della nostra mano, eppure evanescente, sino a non produrre che una sensazione cutanea come quella d'una tela di ragno o d'una densa nebbia; sensazione però che vi fa dir subito: Qui c'è qualcuno!

Noi tutti dunque del gruppo, nella penombra, e in piena luce, prendendo le precauzioni necessarie per escludere l'allucinazione suggestiva, abbiamo visto e toccato qualcuno, che non era la medium, visibile e tenuta ferma con le nostre mani: e questo qualcuno si mostrava, si muoveva e agiva, stando in piedi, distante quasi due metri dalla medium seduta.

Più ancora: questo qualcuno ha compiuto degli atti fisici, come sarebbe cavare delle carte da un portafogli, togliere una spilla da una cravatta, le cui conseguenze sono rimaste ben visibili, lungo tempo, dopo la sua scomparsa: poiché le carte erano nelle nostre mani, e la spilla, non più infilata nella cravatta, ma sopra la tavola...

Su tal proposito, una parentesi. Certi spiriti forti vanno mettendo in circolazione questa ben debole diceria:

Non vedete come già sono predisposti all'allucinazione? Portano apposta con sé oggetti appartenenti ai pretesi spiriti, per suggestionarsi di più.

Non è vero. Chi ha letto le relazioni delle sedute, avrà potuto notare che tali ricordi furono sempre portati nella seduta successiva all'apparizione, quindi non già a scopo suggestivo, ma a quello contrario di controllo e d'indagine d'identità. Fu solamente nella quarta seduta ch'io mutai la spilla nella cravatta. Ugual procedimento tennero i miei compagni.

E ora, tranquillamente, esaminiamo l'essenza del fenomeno di fronte alle ipotesi scientifiche.

Fino a che mi sono trovato davanti a medium i quali, coi colpi alfabetici di un tavolino, oppure con l'azione automatica d'una matita sopra un foglio di carta, o con la voce loro, sia pure alterata, mi trasmettevano, per tali vie, comunicazioni spiritiche, io rimasi dubbioso, perplesso, negativo, appunto perché avevo studiato ampiamente i fenomeni della suggestione ipnotica.

Anche se i presunti spiriti mi dicevano cose assai singolari, ignote ai presenti, anche se parlavano una lingua sconosciuta al medium, anche se offrivano prove straordinarie d'identità, non diminuiva la mia diffidenza, solamente scossa da fenomeni inferiori d'ordine puramente meccanico, come sarebbe vedere una massiccia tavola da pranzo, per otto persone, appena tocca dalle dita, sollevarsi, girare, ondeggiare lieve, come una piuma, come un tappo di sughero, galleggiante su l'acqua. Oggi, invece, tal sorta di spettacoli, che fanno esclamare ah! oh! eh! a ignoranti dotti e ignoranti asini, non provoca in me neppure un senso di curiosità.

Ben altra è la profondità degli studi medianici.

L'ingresso meraviglioso di tali studi è costituito dal fenomeno che s'è sviluppato con la presenza della Palladino e che va precisato così.

Noi siamo sette individui chiusi in un ambiente dove di certo, né prima, né dopo, nessuno può essere penetrato. Viene un momento in cui, senza dubbio, è presente un ottavo individuo. Segue un altro momento, in cui sono presenti e operanti un nono, un decimo, un undecimo individuo.

La scienza degli scettici a ogni costo, non potendo più sostenere la facile ipotesi della allucinazione, appunto perché tali nuovi individui hanno cura di lasciare prove materiali della propria comparsa, ricorre alla suggestione dei presenti.

Accettiamo pure tal suggestione e procediamo con essa.

Il mio cervello dunque suggerisce al cervello di Eusapia lo spirito di Naldino? Benissimo.

Il cervello d'Eusapia accoglie tale suggestione e mediante un processo ideoplastico, del quale nessuno sa darmi conto né ragione, esce da quel cervello, come Minerva armata da quello di Giove, non già una parola, una frase, ma un individuo solido, completamente formato, autonomo, che vive improvvisamente da sé, lontano un metro e mezzo dalla medium, che mi alza dalla sedia, mi carezza, mi abbraccia, mi dà le sue mani a stringere, mi offre il contatto del suo busto, del suo viso, e finalmente, col suo dialetto, col proprio accento speciale, mi parla, e mi parla così forte da essere inteso, oltreché da me, anche dai vicini miei. Poi, rientra nel cervello d'Eusapia e felicissima notte.

Ammessa tale teoria che, diciamolo francamente, è assai più trascendentale e miracolosa della semplice ipotesi spiritica, vuol dire che sarebbe possibilissimo, e naturalissimo, il seguente esperimento.

Io mi siedo presso l'Eusapia e penso fortemente a un elefante. Il cervello compiacente della medium alloggia subito quest'idea dell'elefante e la sviluppa in realtà obiettiva, col suo processo ideoplastico. In mezzo alla sala, o presso la tenda, o in essa ravvolto, come vi piace meglio, noi vediamo sorgere il pachiderma, nelle sue proporzioni sesquipedali: il testone mostruoso, con le zanne avorine, si proietta in mezzo a noi: la sua fumida proboscide ci carezza, ci fa degli scherzi, ci piglia i soldi dai taschini della sottoveste e gioca magari a tastarmi sopra la tavola.

Ma non basta. Un compagno pensa fortemente a una giraffa, e il cervello creatore onnipotente dell'Eusapia partorisce tosto una giraffa che si rompe la testa nel soffitto: non senza pregiudizio d'un coccodrillo che, pensato da un terzo, e riflesso tosto e procreato dalla medio, viene a serpeggiare poco piacevolmente intorno alle nostre gambe.

Ma che cosa è dunque mai il cervello della medium?

Sarebbe mai una vera arca di Noè?

E non vedete che, per paura del soprannaturale, o vogliam dire del sovrumano, voi regalate a una povera creatura attributi assai più sorprendenti e poteri addirittura divini?

Francamente, preferisco coloro i quali, come me un tempo, crollano la testa cocciuta, ripetendo:

Non credo un'acca: e non crederei neanche se vedessi.

Almeno, essi sono in buona fede, come in buona fede era, nel 1792, l'insigne presidente dell'Accademia delle scienze di Parigi, il quale, mentre già il piroscafo Jouffroy navigava trionfalmente lungo le acque della Saône, scriveva:

In verità, quest'idea di maritare l'acqua col fuoco, è una delle più burlesche idee di questo secolo.

La serena coscienza mi dice che non passeranno molti anni, e gli accademici i quali oggi credono, bontà loro, nei piroscafi, crederanno pure nella realtà dei fenomeni medianici. E ne ho già una prova in quanto scrive uno dei più acuti cervelli del giornalismo, Eugenio Checchi, il quale, preludiando, sul Giornale d'Italia, a narrazione di fenomeni ben sinceri, così si esprime:

Ne parlavo qualche anno fa con Cesare Lombroso. M'era accaduto di assistere a esperimenti per me inesplicabili, e con una esposizione, credo abbastanza lucida, riassumevo le cose vedute. A traverso gli occhiali d'oro, l'illustre scienziato fissava nei miei i suoi occhi piccoli e penetranti: e a un tratto m'interruppe così:

E un vero peccato! non l'avrei creduto mai!

Che cosa, professore?

Che lei stia per diventare matto! E mi lasciò bruscamente.

Non provai prosegue il Checchi alcun turbamento: e in un accesso di orgoglio immodesto, mi consolai nel pensiero, che a prestar fede alle celebri dottrine del Lombroso, io mi sarei trovato, come matto, in compagnia di tanti uomini illustri magnificati nei secoli. Passarono gli anni: e, grazie a Dio, non ci fu bisogno che mi si schiudessero le porte della Lungara, o di qualche altro manicomio. Accadde invece quest'altra cosa: che Cesare Lombroso, e l'insigne astronomo Schiapparelli dell'Osservatorio di Brera e il Brofferio, e altri valorosi scienziati italiani e stranieri chiamarono nei loro laboratorii la donna che tanto faceva parlare di sé: quell'Eusapia Palladino che ha corso oramai per quasi tutte le capitali di Europa. Dopo una serie di esperimenti, dai quali ogni ombra di soverchieria e di frode era esclusa per le scrupolose precauzioni dei convenuti, dopo prove e controprove, dopo reiterate ripetizioni dei medesimi esperimenti, il Lombroso, lo Schiaparelli e i loro colleghi convennero trattarsi di fenomeni, inesplicabili sì, ma veramente meravigliosi: e conclusero che chi si ostinasse a metterne in dubbio la sincerità o la possibilità, meriterebbe d'esser qualificato per matto. E io provai, nel mio intimo, la soddisfazione d'una bella rivincita. Il matto non ero io.

AL DI LÀ

Dal campo aperto dei fatti, degli esperimenti, delle deduzioni e congetture scientifiche, or ci conviene entrare nella selva enigmatica dei misteri.

Procediamo cauti, ma fidenti, poiché vi sono precursori e guide, strade e sentieri, penombre e luci che rischiarano la via e gli intelletti.

Parrà a molti di penetrare nel soprannaturale: ma, in verità, non c'è altro di soprannaturale al mondo che l'ignoranza nostra. Tutti i fenomeni che ci sembrano soprannaturali, assai probabilmente altro non sono che leggi naturali a noi sconosciute. Né ci deve far meraviglia, anche se siano in contrasto aperto con leggi di natura che conosciamo, o crediamo conoscere. Il sovrumano stringe, da ogni parte, il vasto eppur misero corredo delle cognizioni nostre.

La scienza, nei suoi trattati di dinamica, ci ricanta su tutti i toni il seguente assioma incontestabile:

Qualsiasi corpo in movimento, per via degli attriti, tende invariabilmente al proprio riposo, qualora non sia sospinto da una forza superiore.

Legge di natura, verissimo! Soltanto, ecco: la gran macchina dell'universo visibile sarebbe tutta in contraddizione con detta legge, se non si ammettesse una forza superiore. Più ancora; Laplace, Newton, Lagrange, Herschell, Reynaud, ci avvertono che la macchina universale ha bisogno di ritocchi, di riforme frequenti, di mutazioni, di allargamenti, di spostamenti, di ritardi, di maggior velocità, nelle orbite di questi infiniti pianeti, al cui confronto i nostri trenilampo sono lumachelle striscianti fra l'erbetta.

C'è dunque una direzione generale, un ispettorato centrale, che modifica gli orari, che impartisce istruzioni ai macchinisti, che provvede allo scambio dei binari, con assai più abilità della Mediterranea, e che si dà ben poco pensiero delle leggi di natura, ideate e codificate dall'acutezza umana?

Ancora un'altra piccola contravvenzione a queste famose leggi. Ce la racconta il sapiente Babinet, in questi termini:

Ben nota è la teoria degli aeroliti e dei bolidi che la legge d'attrazione obbliga a precipitarsi sulla terra. Nondimeno si vide a Weston, nel Connecticut, un immenso aerolito, di milleottocento piedi di diametro, bombardare di scariche la zona ov'era piombato, e poi tornarsene in alto, verso il punto da cui era venuto.

Che pensare, in tal caso, della famosa legge, che obbliga, come sopra?

Il filosofo dunque non deve spaventarsi, né chiuder gli occhi, davanti a fenomeni che paiono in contraddizione coi dogmi scientifici; senza di che nessuna scoperta sarebbe mai stata possibile.

Né alla ragione può ripugnare l'ipotesi di un mondo invisibile. Anzi, le più recenti conquiste della scienza ce ne fanno intravvedere la realtà. Noi ormai sappiamo che in noi e attorno a noi ferve una vita invisibile. Democrito ha genialmente intuito quel che, alla distanza di tanti secoli, Pasteur può dimostrare con le sue esperienze di laboratorio.

Noi sappiamo che tutto palpita e vive, dalla fredda immobil pietra ai turbinosi fuochi vulcanici. Sappiamo che la pianta ha, come noi, una specie di circolazione del sangue, che respira, lavora, gode, soffre e ama. Sappiamo che tutto vibra con emozione intensa e che strumenti delicatissimi ci possono far sentire il fragore assiduo di tal vita in una grossa sbarra d'acciaio, in un solido blocco di marmo: e sappiamo ancora esistere una serie infinita di suoni che all'orecchio umano non arrivano: e le sempre più meravigliose scoperte spettroscopiche ci avvertono che, dove noi supponiamo la oscurità, si svolge invece tutta una scala di luci intense, che sfuggono alla miseria della nostra retina. E sappiamo, infine, che dal nostro corpo emana di continuo una proiezione radiosa, che ha proporzioni fenomenali, probabilmente più larghe assai di quanto la scienza abbia potuto sinora constatare, con gli strumenti ingegnosissimi ma imperfetti.

Siamo dunque circondati dall'invisibile e dobbiamo studiar bene, anziché respingere, a priori, tutti i fenomeni che dall'invisibile a noi, per qualunque più meravigliosa via, si manifestino. Così pensava Goethe, scrivendo:

L'uomo deve credere, con fermezza, che l'incomprensibile diventerà comprensibile, senza di che, egli rinuncierebbe all'indagine.

Indaghiamo dunque, fin dove ci sia consentito, quale sia la forma e quali siano le norme di vita di queste entità spirituali che, attingendo materiale consistenza dalle forze fisiopsichiche dei medium e degli astanti, riescono a manifestarsi ai mortali, con tutti gli attributi organici della nostra specie.

Tutte le lettere a me pervenute, quasi con frasi identiche, esprimono questa natural curiosità:

Perché non si chiede come esistano? come possono operare? qual sia la sorte loro? quale la loro missione? quale le loro finalità?

Tale accordo simultaneo di duecento lettere che provengono da ogni parte d'Italia, e che attestano negli scriventi un grado non comune di cultura, mi dimostra come sia generale l'ignoranza intorno ai risultati degli studi medianici. Ben pochi mi avrebbero rivolto domande simili, se si sapesse esistere tutta una fin troppo voluminosa biblioteca, che, bene o male, in forma più o meno convincente, secondo lo stato d'animo di chi legge, risponde ampiamente a tale quesiti.

Negli esperimenti a cui ho assistito, anche io non feci altro quasi che dedicarmi a indagini di tal natura e le risposte che ottenni, su per giù, coincidono con quanto da mille altri fu raccolto e affidato alla pubblicità.

Gli invisibili dicono d'avere una forma fluidica somigliante a quella terrena. Il De Rochas, nella sua Extériorisation de la motricité, per via di analisi scientifica sopra i viventi, vale a dire senza entrare nell'ipotesi spiritica affatto, viene a questa conclusione:

La teoria del corpo fluidico, ammessa da filosofi e dai padri della chiesa, sembra essere oggi dunque confermata da prove obiettive.

Vale a dire che dentro a ogni uomo vivente esiste l'uomo fluidico. Tal verità è confermata da una lunga serie di studi scientifici, sui fantasmi dei viventi, da cui sorsero le teorie della telepatia, telestesia, paramnesia e via dicendo. Il dissidio tra materialisti e spiritualisti consiste in questo, che cioè gli spiritualisti dicono:

Nel momento della morte, l'uomo fluidico si stacca dalla spoglia materiale, quasi si liberasse d'un abito logoro e inservibile, e l'anima spirituale l'io dei nostri filosofi, la Manas dell'antica sapienza indiana sopravvive in quella specie di corpo astrale, che non conosce più ostacoli materiali, né misura di tempo o di spazio.

I materialisti invece asseriscono:

Corpo materiale e corpo fluidico tutto egualmente si dissolve nel crogiolo instancabile della natura.

Alle interrogazioni dei viventi, gli spiriti cominciano col rispondere essere assai difficile per loro farci capire, tanto è diversa, la vita del di là. Riferisco una risposta testuale, tolta alla Rivista del Delanne:

Potreste spiegare a un selvaggio, che non abbia mai lasciato le sue foreste, i mille complicati dettagli della vostra vita civile? potreste fargli capire il vostro modo di viaggiare per terra, per mare e fino per aria? potreste spiegargli l'esistenza che conducete nelle vostre grandi città, il genere delle vostre occupazioni, dei vostri lavori, dei vostri piaceri? No, nevvero? ebbene, l'impresa è ancora più difficile per noi.

Possiamo, infatti, ricordare che uno dei nostri esploratori, il Bianchi, se non erro, non riuscì in nessun modo a far penetrare nel cervello di Menelik il concetto di una locomotiva, e si sentì alfine rispondere dal barbaro:

Se il tuo re si serve di roba simile, vuol dire che non ha muletti buoni come i nostri.

Oggi, invece, Menelik capisce e locomotiva e... ben altro!

Ebbi a Roma, per più tempo, in mia compagnia un intelligentissimo ragazzo abissino, Omar, il quale, cresciuto a Massaua, educato, istruito, era ben lunge dalle condizioni mentali d'un selvaggio non mai uscito dalle natìe foreste. Però, mi dilettava assai rilevare le sensazioni dell'intensa vita della capitale sopra quell'anima ancora lieta di primitiva ingenuità.

Tutto egli assimilava con rapida prontezza, purché vi fosse qualche analogia con la vita da lui vissuta. Che cos'era il magnifico palazzo Farnese? Una casa più grande di quelle da lui vedute. E San Pietro? Una chiesa più vasta di quelle abissine.

Una sera lo portai, senza dirgli nulla, al Costanzi, a vedere il ballo Excelsior. Rimase a bocca aperta, ma si rese conto di tutto. Altrove aveva visto ballare: altrove aveva visto gli arabi darsi alle vertiginose fantasie: altrove aveva inteso delle più o meno barbare orchestre: così che, per lui, l'Excelsior non rappresentava che le stesse cose, più belle, più meravigliose, più grandi: null'altro.

Così, nelle gallerie vaticane della scultura. Capiva più o meno: ma erano braccia, gambe, teste, bianche o bige, che non differivano gran che dalle teste, dalle gambe, dalle braccia che Omar aveva, ne' suoi paesi, veduto.

Non così davanti a quel meccanismo tanto semplice, che a noi non desta più nessuna meraviglia, che si chiama il telefono. Inutilmente, mi provai a spiegarlo, coi più ingegnosi confronti. Lo misi in comunicazione con degli amici, ma egli credette fermamente che invece ero io che gli sussurravo negli orecchi. E quando gli affermai, sulla mia parola d'onore, che, se quel filo giungesse fino a Massaua, egli sentirebbe la voce di suo padre, mi sgranò gli occhi in faccia, con un'espressione su cui non c'era equivoco possibile:

Oh, povero signor Vassallo! ha il cervello a spasso!

Figuriamoci poi che cosa avrebbe pensato, se mi fossi provato a spiegargli i raggi Roëntgen o il telegrafo Marconi, senza fili!

Orbene, nelle identiche condizioni d'Omar si trovano le stesse intelligenze più raffinate, quando si affacciano, la prima volta, del tutto digiune, ai problemi del di là, e facilmente mi spiego le difficoltà degli spiriti a spiegarsi e a farsi capire. Come spiegare un'automobile a un contadino, il quale non abbia mai visto altro che asini attaccati alla carrettella?

Però, crediate o no, sentite quel che dicono gli invisibili:

I caratteri generali del corpo materiale dell'uomo, si conservano nel suo corpo fluidico. Ne consegue che anche noi possiamo provar dolori d'indole fisica, eppure non son più simili affatto ai vostri. Vedete, quanto sia difficile spiegarci!

Gli spiriti inferiori, ancora chiusi in un corpo fluidico per così dire grossolano, provano sensazioni materiali somiglianti alle vostre, ma siccome i loro sensi sono del tutto differenti dai vostri, perché gli organi loro hanno un adattamento tutto diverso, come potremo spiegarvi come noi vediamo, se non vediamo come voi? come parliamo, se parliamo in modo che non ha nulla che fare col vostro?

Vi basti sapere che, tra noi, come fra voi, gli spiriti più illuminati s'adoperano a far progredire gli inferiori: e quando voi venite fra noi, sono là per ricevervi, per istruirvi, per farvi bere goccia a goccia, la nostra vita fluidica, come voi fate bere il latte e balbettar le prime parole ai vostri neonati.

Queste manifestazioni, che siamo autorizzati a produrre, hanno il solo scopo di elevare il vostro senso morale e darvi la certezza del di là; così che vi prepariate, senza esitazioni, alla nuova e vera vita.

Gli spiriti cattivi, viziosi, criminali, hanno un risveglio dei più dolorosi. Le cattive azioni e i crimini, le passioni e i vizi sono giustizieri implacabili, che li tormentano, fino a che non abbiamo riconosciuto errori e colpe e non entrino nel periodo d'espiazione. Lo spirito ha fatto il male per sua volontà: e la sua volontà bisogna che distrugga e cancelli o soffra. Egli ha violato la Legge: soltanto le sofferenze gli insegneranno a rispettarla. I ribelli non fanno che eternare i propri tormenti.

Gli spiriti in pena, che possono comunicare coi medium, vi hanno potuto dare, benché pallida, un'idea delle sofferenze loro, ma sono già sopra la buona via. Accoglieteli con bontà e simpatia. Gli spiritiguida ve li conducono per istruzione vostra e perché facciate loro del bene.

Ho voluto citare, fra le tante, infinite, queste comunicazioni più recenti, unicamente per darvene un'idea, senza entrare affatto in oziose discussioni metafisiche.

Quel che mi preme soltanto di affermare è che tutti gli spiriti asseriscono d'avere una missione, soggiungendo che anche la nostra vita terrena ha una missione morale, mancando alla quale ci prepariamo, al di là, pene di misura identica proporzionata all'errore nostro e alla nostra colpa: infine accertare che, fra le tante migliaia di comunicazioni così svariate, non una contraddice ai precetti assoluti della Legge morale.

La quale significantissima circostanza valga di risposta a coloro che, in buona fede, mi scrivono per mettermi in guardia contro possibili interventi demoniaci.

Sarebbe un diavolo ben curioso, poiché viene a insinuar nei viventi l'omaggio fedele alla divina Giustizia, l'esercizio delle buone opere, l'amore e la carità del prossimo, la purità dei pensieri, l'orrore delle passioni, la fiducia nella suprema Bontà!

A tale stregua mi sarebbe lecito conchiudere che Agostino da Montefeltro e padre Semeria sul pergamo non sono che due diavoli incarnati, densi di suggestiva malizia.

E qui, alle anime troppo timorate, mi sia concesso chiarire ancora un assai diffuso equivoco, cui accennai fin da principio. Gli studi medianici non hanno nulla di comune con la negromanzia.

Il monaco cristiano Teodoro, un medium dell'antichità, su invito del vescovo metropolitano, fece vedere e abbracciare all'imperatore Basilio lo spirito del figlio Costantino.

Il venerato santo Spiridione evocò dalla tomba lo spirito della figlia, per liberarsi da ingiuste richieste di materiali interessi.

I padri del concilio di Nicea evocarono gli spiriti di due vescovi, Crisante e Musonio, i quali produssero un fenomeno di psicografia, con tanto di firma autentica.

Il santo papa Leone I, come appunto narra Sofranio, evocò lo spirito di san Pietro, per esserne illuminato intorno alle eresie di Eutichio e Nestorio.

Lo stesso san Tomaso, in seguito a patto convenuto in Parigi, vide apparirgli, nella chiesa de' domenicani a Napoli, lo spirito dell'amico suo, il dottor Romano.

Questi son casi di vera negromanzia, o evocazione.

Nelle sedute medianiche invece non si disturba l'anima di nessuno: non si fanno patti né evocazioni di sorta: i fenomeni sono spontanei, quindi permessi colà dove si puote ciò che si vuole e più non dimandare.

Fugaci apparizioni, sebbene così evidenti, esse a ogni modo ci portano un conforto alto di luce, un pensiero profondo di vita nuova, un senso ineffabile di suprema bontà: e le loro voci nell'ombra, con parole dolcemente imperiose, ci dicono:

Perfezionatevi, purificatevi, amate, sperate!

LA MEDIANITÀ DI STAINTON MOSES

Nessuno vorrà negare che un fulgore d'alta intellettualità baleni dai pochi frammenti che ho riprodotto, tra le numerose e più recenti rivelazioni degli invisibili. Pure, in ogni lettore, credente o incredulo, susciteranno maggior sorpresa le manifestazioni ottenute da William Stainton Moses, le quali assurgono a tale altezza di forma e di pensiero che non ha riscontro, in quanto almeno è a conoscenza mia intorno a materie analoghe.

Anche dal breve saggio che ne darò, ignoranti o dotti, spiritualisti o scettici, si convinceranno, per lo meno, che i fenomeni della medianità non consistono già nello spostamento di tavole e di poltrone, nel volo canoro di qualche chitarra, o nei contatti amicamente puerili d'una mano invisibile: ma si spingono alle più eccelse vette della morale pura e del raziocinio, con tale eleganza e nobiltà di espressione che farebbe onore anche ai più esperti prosatori e poeti dei tempi nostri.

Prima, intanto, è necessario dire chi fosse Stainton Moses: poiché la sua individualità, per se stessa, rappresenta la più salda garanzia della sincerità dei fenomeni.

Egli non era un medium che potesse essere spinto dalle due molle supreme della frode umana: la vanità e l'interesse.

Assorto nello studio, egli non parlava e non faceva mai parlare di sé in nessun modo, restringendo l'opera sua in un cerchio di pochi eletti amici: per cura dei quali soltanto il largo materiale da lui raccolto fu pubblicato in volume dopo la sua morte, avvenuta nel settembre 1892. Niente, adunque, vanità: nessun desiderio mai di singolarizzarsi, né di sollevare qualsiasi rumore intorno a sé.

Così all'opera sua non è associato stimolo alcuno di venalità: ché anzi il tempo da lui consacrato agli studi medianici rappresenta un sacrifizio. Mi par bene, intanto, notare di passata, che anche i medium della specie della Palladino non vanno ascritti nella categoria di artisti, genere Otero, scritturati e premiati per far pompa della propria virtuosità, come taluni suppongono. La Palladino ha casa, bottega e famiglia in Napoli: quindi è giusto e naturale che, spostandosi, trascurando i propri interessi, affrontando spese di viaggio e di soggiorno, abbia un relativo e modesto indennizzo dai gruppi che, non da lei sollecitati, la richiedono. Vi è stato più d'un medium che ha tentato speculare: e per ciò solo, va relegato fra i sospetti; e s'è verificato anche il caso di taluni fra costoro i quali, come per misteriosa punizione, si videro privati d'ogni medianità e ridotti a grotteschi giochi di prestigio.

William Stainton Moses, nato da cospicua famiglia, fu educato, come il padre, nei più elevati studi letterari, scientifici e filosofici, per avviarsi alla cattedra di professore: e prese infatti la laurea (1863) nella celebre università di Oxford.

L'ingegno era vasto, ma la salute punto florida, per cui, in luogo di dedicarsi all'insegnamento, dovette contentarsi dell'ufficio di rettore evangelico a Maughold, piccola città di campagna. Però ebbe modo di dar prova del carattere angelico e d'una fibra eccezionale, in seguito allo scoppio di un'epidemia vaiolosa. Mancava il medico, e il giovane pastore, che aveva studiato anche medicina, si diede a curare tutti i malati. Il panico mise in fuga una quantità di gente, e scappò anche il becchino di Maughold. Ebbene, lo Stainton Moses, oltre l'igiene del corpo e delle anime, componeva i morti nel feretro, li portava al cimitero abbandonato, li seppelliva pietosamente in fosse da lui scavate: medico, sacerdote, beccamorti eroico.

Non ebbero certo vantaggio le forze fisiche e, a epidemia finita, dovette esulare in cerca di residenza migliore: diede altre prove di dottrina, di pietà, di carità a Douglas, a Langston, e finalmente si ridusse a Londra, dov'ebbe cattedra di lingua nella University College School, cattedra che resse fino al 1889 con zelo ardente e mirabile ingegno.

Quando la salute, tuttavia malferma, più non gli consentì di continuare le lezioni, professori e scolaresca lo circondarono delle più eloquenti dimostrazioni di reverenza e di affetto.

Basti tal compendio della nobile vita, per darvi la sicurezza che siamo al cospetto di uno dei più degni esemplari della probità, dell'integrità, della sincerità e dell'ingegno umano.

Fu nel 1870, che Stainton Moses, assistendo un'amica malata, la moglie del dottor Speer, cominciò a portare l'attenzione propria sui fenomeni spiritualisti, leggendo e discutendo, con l'amico e la convalescente, il volume suggestivo Debalabre Land (terreno contestato) di Dale Owen.

La signora lo pregò di accertarsi che cosa vi fosse di reale nei fenomeni enunciati in quel volume, e il professore consentì, sebbene gli ripugnassero, sembrandogli nulla altro che mistificazioni, frodi o morbose suggestioni allucinatorie.

Egli e il dottor Speer (materialista indurito) per pura curiosità d'indagine, e più che diffidenti ostilmente prevenuti, cominciarono a presenziare alcune sedute, con la medium Lottie Fowler. Il dottor Speer proseguì a considerare i fenomeni come un'assurdità, fino a che l'amico lo condusse alle sedute del medium William. Colpiti da fatti reali e inesplicabili, vi tornarono assai volte, fin a che si convinsero di questa verità:

Una forza occulta certamente operava, all'infuori del medium.

Se vi ricordate, tutti gli sperimentatori increduli, da Brofferio a Lombroso, da Schiapparelli a Visani Scozzi, cominciano tutti, com'è logico, da questo primo passo.

Fatti ben certi dell'esistenza d'una forza occulta, indefinibile, ma sicuramente estranea al medium, i due amici, più diligenti, più cauti, proseguirono lo studio dei fenomeni, e fu in tale periodo che, inaspettatamente, si manifestò che Stainton Moses, senza saperlo, possedeva al più alto grado le doti medianiche. Fu allora che, insieme con fidati e intelligentissimi, in una serie infinita di esperimenti e di sedute, Stainton Moses portò lo studio sopra se stesso.

Troppo lungo sarebbe anche solo enumerare la serie dei fenomeni constatati, i colpi, le luci, i suoni, le apparizioni, i profumi, gli apporti, le risposte, le prove d'identità, l'elevatezza abbagliante delle rivelazioni spirituali. Mi basti ora spigolare alcuni accenni dalle relazioni degli astanti:

Luci numerose erano, in generale, visibili per tutti noi. Sembravano globetti luminosi, che brillavano gaiamente senza oscillazioni, e si movevan rapidi attorno al salone. Spesso, guardando sul piano della tavola, si vedeva una luce salire lenta dal suolo, e passare attraverso la superficie di legno, elevandosi, come se quella tavola non avesse costituito ostacolo di sorta né alla parabola della luce, né alla vista dei presenti. Vale a dire, che si vedeva distintamente quella luce attraverso il mogano, come attraverso un cristallo.

Anche i suoni sorprendevano, perché prodotti senza strumenti visibili. Talora, era un tintinnìo simile a martello battuto delicatamente su tasti di cristallo: suoni chiari, vibranti, melodiosi, che percorrevano la perfetta gamma ascendente e discendente, senza che si riuscisse a precisare il punto di partenza delle loro vibrazioni. Talaltra, pareva un suono di violoncello, ma più accentuato. Talvolta, ancora, un suono inesplicabile, del quale non saprei dare un'idea che così: figuratevi il suono dolcissimo d'un clarino, che aumenti d'intensità fino a produrre le note squillanti della cornetta e poi grado grado, ridiscenda alle note più soavi, più tenui, quasi per spegnersi in un lamentìo fioco e malinconico.

Spesso, si ottenevano scritture dirette, sopra fogli di carta bianca, posti nel centro della tavola, a distanza uguale da ciascuno di noi.

La tavola di mogano, intorno a cui stavamo seduti, era di grosse proporzioni e d'un peso enorme: pur si moveva da sé come una piuma: e tutti i nostri sforzi riuniti non riuscivano a impedirle d'andare in questa o in quella direzione: e invano cento volte abbiamo provato di fare ostacolo all'energia della forza invisibile.

Qualche volta ci fu dato di sentire anche la voce degli invisibili: ma poche frasi, tronche, pronunciate con difficoltà, come un mormorio rauco...

Mi fermo e noto che identiche furono, circa quest'ultimo punto, le sensazioni nostre, nelle sedute della Palladino, come a suo tempo ho esattamente riferito.

Mi fermo perché tale ordine di fenomeni, per quanto meraviglioso, rimane pur sempre al disotto delle rivelazioni puramente intellettuali, che si manifestarono per il tramite medianico di Stainton Moses, sia che gli spiriti si esprimessero per bocca sua, mentre egli era nello stato letargico di trance, sia per mezzo della scrittura automatica, intorno alla quale devo dare qualche succinta nozione ai profani, ai digiuni della materia.

Gli spiriti si servono del medium come d'un amanuense meccanico. Il suo braccio scrive cose ch'egli non sa e a cui il cervello suo non contribuisce per nulla. Il medium può discorrere d'ogni cosa coi presenti, e la sua mano scrive di soggetti del tutto estranei ai discorsi. Stainton Moses, per essere più certo di rimanere estraneo, ricorse persino a questo mezzo: leggere a voce alta, mentre la sua destra andava scrivendo, un volume qualsiasi, che non avesse niente di comune con gli argomenti svolti nella scrittura stessa. Figuratevi, dunque, uno che legga e commenti il Cuoco piemontese, mentre la sua mano destra scrive una conferenza, mettiamo, sulla medicina omeopatica.

Non basta. Il carattere della scrittura non solo è tutto diverso da quello del medium, ma è ancora un carattere specialissimo, che cambia secondo lo spirito che dice di manifestarsi. Vale a dire che Caio scrive non col carattere di Caio, ma con quello dello spirito Tizio, se è lui che dice di dettare, o con quello di Sempronio, se invece è Sempronio che si manifesta. Ma, per maggior chiarezza, lasciamo parlare lo stesso Stainton Moses:

Nella scrittura automatica, io non ho mai potuto essere padrone della scrittura stessa. Il fenomeno avveniva senza essere chiamato o desiderato: e quando io cercavo di produrlo, ero incapace di ottenerlo. Soltanto un impulso subitaneo, che mi veniva non so come, mi obbligava a sedere e a prepararmi a scrivere: e scrivevo cose contrarie del tutto alle mie idee.

E ora che ho esposto, alla meglio, l'uomo, la sua psiche, la sua integrità, i suoi non sospetti modi di procedere, la singolarità dei fenomeni svoltisi spontanei, irrefutabili, intorno a lui, mi sia permesso far seguire un primo saggio eloquente in questo brano di rivelazioni a lui dettate dallo spirito. Leggete con attenzione, poiché ogni frase ha un nuovo e profondo significato:

Voi siete ciechi e ignoranti verso coloro che offendono le vostre leggi o le regole morali e restrittive che governano le vostre relazioni sociali. Davanti a un'anima degradata, che commette delitti contro la morale o contro le leggi, voi prendete le misure più efficaci, per aumentare la sua capacità criminale.

Invece di sottrarre un tal essere alle influenze deleterie, di evitargli ogni vizioso contatto, invece di isolarlo, affinché, con influenza educatrice, le intelligenze più evolute possano su lui controbilanciare ogni mala suggestione, voi lo collocate in mezzo a una società malsana, in compagnia di colpevoli come lui, di criminali come lui, dove l'atmosfera è densa di vizio, e dove per affinità si agglomerano, attorno ai viventi, gli spiriti mali e di tendenze perverse.

Voi, così agendo, siete i complici, i fattori della degenerazione.

Voi dovreste, invece, curare moralmente i criminali, voi dovreste affidarli ai medici dell'anima, vale a dire agli spiriti eletti, agli uomini ardenti di devozione e di sacrificio che, fra voi, si mostrano capaci di inculcare l'orrore del delitto e la sete della redenzione morale.

Invece, voi riunite, voi coagulate i traviati, voi li punite con un sentimento di vendetta, voi li trattate come gente da cui non si possa più nulla sperare di bene: così che colui il quale è vittima della vostra repressione ignorante, prosegue la sua corsa folle verso la colpa suicida, fino a che voi non abbiate aggiunto, alla serie dei vostri atti insensati, l'ultimo e il peggiore: sopprimere il colpevole, aumentando così la legione degli spiriti infiammati di passioni infernali.

Siate credente o ateo, siate mistico o scettico, dopo la lettura di tali massime, voi non potete a meno di confessare che nulla di simile hanno mai enunciato i più sommi giuristi, i più profondi sociologi, gli antropologi più arguti. E qualche cosa d'intuitivo vi avverte che la rivelazione spirituale, così densa di nuovi problemi, contiene sicuramente i germi di verità occulte, che germoglieranno largamente, fortificate di logica, nella coscienza delle generazioni future.

E voi, genovesi, intanto, dopo avere inteso le teorie che uno spirito invisibile ha dettato a un professore inglese, non potete a meno di riflettere tosto a un fenomeno a voi, per quasi vent'anni d'esperienza, familiare:

Come mai dai rigori delle carceri escono ogni giorno delinquenti peggiorati, mentre dalla modesta naveGaraventa sono già uscite parecchie centinaia di piccoli delinquenti trasformati in lavoratori onesti?

Tanta e sì varia è la mole delle alte comunicazioni ottenute da Stainton Moses, che presenta una ben grave difficoltà, data la misura di questo mio studio: la difficoltà della scelta.

Quando mi pervenne il grosso volume dall'estero, e lo lessi con avidità e meraviglia, mi produsse tal senso, che tosto lo mandai a un illustre scienziato, a un acuto maestro di psicologia, per sentirne il parere. Ecco quanto mi scrisse, nel restituirmi il volume:

Rimando il libro che ho letto, in gran parte, con vivo interessamento. È veramente un esemplare di automatismo; con sdoppiamento della personalità. Notevole perché la personalità subsciente, che dovrebbe essere inferiore alla cosciente, la supera e vince per ricchezza d'idee, venustà di stile, elevatezza di forma.

Lo scienziato, verso il quale professo il più amoroso rispetto, giudicava logicamente secondo i postulati ultimi della scienza psicologica, cioè secondo la teoria del subcosciente, senza tener conto della finora misteriosa essenza della medianità, che ripugnava allora all'uomo di studio il quale, sincero ricercatore, ha forse oggi alquanto modificato i propri concetti, pur mantenendosi fido ai precetti rigidamente scientifici.

Il subcosciente, sia detto per i profani della psicologia, sarebbe il ricettacolo delle sensazioni superflue. Noi, man mano, acquistiamo centinaia e migliaia di cognizioni. Quelle che giovano alla nostra professione, al nostro tenore di vita, rimangono nel cosciente: le altre, vanno a finire nel subcosciente. I mobili e gli oggetti utili restano nelle camere d'uso continuo: gli altri si accumulano nella cantina o nel solaio: nel subcosciente. Nel cambiar di casa, eccoli ancora frammisti agli altri oggetti: così, quando l'animo è in condizioni anormali, il subcosciente invade il cosciente, e proviamo illusioni strane: ossia ci sembra nuovo quel che invece è stravecchio e soltanto dissepolto dall'oscurità. Così, a uno che, da anni, si serve della luce elettrica, riappare la lampada a petrolio, la lumiera a olio, l'acciarino per battere la pietra focaia, tutti oggetti per lui nuovissimi, perché ormai scomparsi dalla memoria.

Però, ne consegue che tutte le idee buttate nel serbatoio del subcosciente devono essere idee logore e arretrate. Se no, si darebbe il caso inverosimile d'un pazzo che si serve oggi della puzzolente candela di sego, della bisunta lucerna a olio, dell'acciarino, dell'esca, della pietra focaia, e che, cambiando casa, trova nella cantina e nel solaio, i fiammiferi di cera, i becchi del gas, i commutatori e i meravigliosi lampadari della luce elettrica.

Tale sarebbe appunto il caso stranissimo di Stainton Moses, qualora si dovesse accettare a occhi chiusi la teoria (vera, in altri e diversi casi) del subcosciente. Egli avrebbe cioè nel cosciente tutta la moccolaia della lucerna a olio: e nel subcosciente invece una lampada ad arco di luce elettrica.

A me spetta per ora, intanto, di segnalarvi i più vividi sprazzi di tale inesplicabile luce elettrica, e, per necessaria brevità, scelgo tre soli brani delle comunicazioni fatte dagli invisibili a Stainton Moses: tre brani che possono intitolarsi così:

L'uomo perfetto.

Il dovere dell'uomo.

Le peripezie dello spirito.

Ecco la definizione dell'uomo perfetto.

Il filantropo e il filosofo, l'uno che ama l'umanità, l'altro la scienza per se stessa, sono inestimabili gioielli di Dio. L'uno, senza restrizioni di razze o di confini, circonda dell'amor suo l'umanità intera. Egli ama gli uomini come fratelli, senza chiedere quali siano le opinioni loro: egli non vede che i loro bisogni, insegna quindi loro le verità progressive e il suo nome è benedetto. Tale è il vero filantropo: non già colui che ama soltanto coloro che come lui pensano, che aiuta soltanto coloro che lo corteggiano, e dispensa soccorsi soltanto perché la sua azione generosa sia propalata: falsificatore della vera filantropia, costui le toglie quella semplicità di benevolenza universale ch'è la sua spiccata caratteristica.

L'altro, il filosofo, svincolandosi dalle teorie e dai pregiudizi settari, libero dei dogmi di scuole speciali e di volgari preconcetti, pronto a ricevere la verità, qualunque essa sia, ricerca nei misteri della divina Sapienza, e cercando trova la propria felicità. Egli non ha da temere di esaurirne i tesori, poiché sono inesauribili. La gioia della sua vita è di penetrare ogni giorno più nelle cognizioni elevate e raccogliere ampia messe d'idee più esatte su Dio e su l'universo. La fusione di questi due caratteri: il filantropo e il filosofo realizza l'uomo perfetto.

Ecco adesso la sintesi veramente sublime dei doveri dell'uomo:
 Nella parola progresso o conoscenza di se stesso, noi intendiamo il dovere dell'uomo, entità spirituale, di compiere uno sforzo continuo per attivare il suo interiore sviluppo. Il dovere dell'uomo, essere intellettuale e ragionevole, si definisce con la parola cultura, ossia ricerca delle nozioni, non in una sola direzione, ma in tutte: non per materiale interesse, ma per istimolare facoltà che devono sempre aumentarsi. Quanto ai doveri dell'uomo verso la stirpe di cui è una unità, possiamo condensare in una parola l'idea centrale ch'è il motore di tutti i doveri: carità. Carità e tolleranza verso le opinioni divergenti: caritatevole apprezzamento d'atti ambigui e di dubbiose parole: benevolenza nelle relazioni: premura nell'aiutare il prossimo, senza desiderio di ricompensa: cortesia e dolcezza di contegno: pazienza di fronte alla contraddizione o all'ingiustizia: integrità nei negozi o nei progetti, unita a indulgente e affettuosa bontà: simpatia verso i dolori altrui: misericordia, pietà e tenerezza di cuore: rispetto dell'autorità nella sua sfera: rispetto dei diritti del debole: tutte qualità della vera essenza cristiana, che noi esprimiamo con la parola Carità, ossia Amore operante.

Ecco infine una sottile eppur convincente analisi delle influenze spirituali del di là:
 Lo spirito che ha vissuto unicamente di soddisfacimenti materiali, erra, dopo la morte del corpo, ovunque lo chiamino le sue antiche cupidigie, le sue voluttà: egli rivive quindi la propria vita corporea nei vizi di coloro che attira al peccato. Se poteste vedere gli spiriti oscuri che si affollano intorno alle riunioni della gente viziosa, capireste qualche cosa dei misteri del male. L'influenza suggestiva di questi spiriti vili facilita le cadute persistenti, e non affaccia che ostacoli invincibili alla mente di chi avrebbe la velleità di redimersi. Ogni miserabile vivente è come il centro d'un gruppo di spiriti criminali, i quali impiegano un feroce ardore per degradarlo al proprio livello.
Tali sfere sono però accessibili ai tentativi degli spiriti missionari, che cercano svegliare un desiderio di miglioramento. Appena spunti tal desiderio, lo spirito cattivo fa il suo primo passo in avanti. Egli è meno ribelle alle influenze degli spiriti puri e devoti incaricati di soccorrere le anime pericolanti.
Anche in mezzo a voi esistono uomini ardenti e generosi, che non hanno paura di penetrare nei più infami ricettacoli del vizio, per aiutare e salvare qualche miserabile. L'amore e l'abnegazione di tali uomini li coroneranno di gloria. Ebbene: ugual fenomeno avviene nel nostro mondo spirituale.
Crediate o no, voi che leggete (giudico da quel che provo io) non potete, ne son sicuro, sottrarvi al fascino di così auguste idealità. Soltanto, gli scettici ancora penseranno:
 Diamine! come non capire che tutto ciò era dettato dal subcosciente di Stainton Moses?

Signor sì! anch'egli era oppresso da dubbio simile: ma se voi leggeste il suo volume, vedreste che, ogni momento, rende conto minuto di esperimenti d'identità ch'egli faceva, in lotta continua, per dilucidare questo angoscioso quesito:

Sono io che, inconsciamente, mi manifesto o è un'entità estranea?

Troppo a lungo mi porterebbe il resoconto di tali esperimenti; mi basti uno che valga per tutti, e che è riassunto in questa specie di dialogo, fra il medium e l'invisibile:

Potete leggere in un libro?

Sì, amico: ma con difficoltà.

Potreste scrivere l'ultima riga del primo libro dell'Eneide?

Aspettate: Omnibus errantem teris et fluctibus aestas.

La citazione è esatta: ma può essere che io la sapessi. Facciamo piuttosto così: andate nella libreria, prendete il penultimo volume nella seconda fila di libri, e leggete l'ultimo paragrafo della pagina 94.

Io non so che libro sia e ne ignoro finanche il titolo.

Dopo un istante, lo spirito detta:

Pagina 94: «Io proverò, con breve narrazione storica che, il papato è un'innovazione che è sorta gradualmente dopo l'epoca primitiva e pura del cristianesimo, non solamente dopo l'età apostolica, ma dopo l'unione della Chiesa con lo Stato, opera di Costantino».

S'andò a verificare nella biblioteca. Il volume era intitolato Rogers antipopopriestian e la citazione era esatta.

Facciamo un'altra prova: leggerò ancora una volta e poi indicherò il libro da cui ho attinto.

Si procedette a tal nuovo esperimento e lo spirito dettò:

«Pope è l'ultimo grande scrittore di questa scuola di poesia, la poesia intellettuale o piuttosto intellettualità mista alla fantasia.»

Quindi lo spirito esattamente indicò:

Andate a verificare: prendete il volume undecimo della seconda fila e apritelo alla pagina 145.

E Stainton Moses dichiara:

Trovai al punto indicato un libro intitolato Poesia, romanzo e retorica; l'apersi alla pagina 145: la citazione era esatta! Il volume m'era del tutto ignoto e non potevo neppure avere un'idea del suo contenuto.

Vi persuadono prove simili?

Non ancora?

Ebbene, io sono in grado di fornirvi una prova che regge a qualunque critica e non ammette replica di sorta.

Tal prova, mi è fornita da un uomo serio e maturo, da un uomo di cifra. Egli è cassiere di uno dei nostri maggiori istituti di credito: nelle sue mani passano conteggi e danari che, a fin d'anno, superano il miliardo: così che, per mestiere, bisogna bene che sia refrattario a qualsiasi allucinazione.

Lascio a lui la parola:

Materialista nel senso più lato sino alla età di cinquantaquattro anni, risi anch'io al racconto e alla lettura dei fatti cosiddetti spiritici; né ci volle che l'assoluta realtà, l'evidenza assoluta dei fatti stessi, per convincermi della loro verità.

Durante quattro anni, ebbi campo di osservare freddamente tutti i fenomeni a cui balordamente non avevo creduto.

Col compianto professor Angelo Brofferio, che spesso assisteva alle sedute nostre, abbiamo avute prove chiare come la luce del sole.

Una poi si verificò, da non lasciar più dubbio di nessuna specie.

Ecco come procedetti.

Nel mio ufficio, non a casa, scrissi sopra un foglio, in ordine progressivo, tanti numeri dall'uno al ventidue, in cifra.

Poi, a casaccio, a salti qua, e là, senza neppur badarvi, sotto una cifra qualsiasi, scrissi una qualsiasi lettera dell'alfabeto, per modo che risultasse come un'insalata, mercè cui, mettiamo, l'a era il 18, la b era il 9, la z era il 5 e via dicendo.

Non rividi ciò che avevo compiuto, ma ripiegai subito il foglio in quattro, lo introdussi in una busta, che suggellai con quattro bolli di ceralacca e me la misi in tasca.

Potete dunque già avere la certezza che ignoravo a qual cifra corrispondesse ogni lettera.

Ma c'è di più. La sera, mentre mi proponevo di far l'esperimento, fui chiamato in banca da doveri d'ufficio. Consegnai allora la busta suggellata alle persone di famiglia, che si disponevano in catena, attorno al tavolo medianico, dicendo loro:

Pregate lo spirito di dettare una frase, se è possibile, secondo questo ignoto cifrario. Poi verificheremo.

E me ne andai.

Il tavolino rispose essere possibile, e cominciò a dettare una serie di numeri inesplicabili a tutti i presenti, così da escludere qualsiasi intervento di suggestione.

Finita la dettatura, si ruppero i suggelli della busta, si estrasse il foglio e sotto a ciascuna delle cifre dettate dal tavolino, fu posta la lettera corrispondente.

Orbene, dall'alfabeto saltuario, sicuramente ignorato da tutti i presenti, a cominciar da me, risultò nitida la frase seguente:

Opisi (nome di un ufficiale mio compagno e amico, 47° fanteria, assassinato a Palermo nel 1864, mentre vi eravamo di guarnigione) saluta l'amico Pietro (che sono io) e per questa sera basta.

Tale è lo svolgimento genuino del fatto, che può essere attestato dalle persone presenti, e che non ammette più, mi sembra, né cosciente, né subcosciente, né suggestione, né allucinazione, né ipnotismo, né telepatia, né altra spiegazione più o men derivata dal greco.

I DUE CASI DELL'ABATE VAGGIOLI

Faremo adesso, sotto tutti gli aspetti, un viaggio agli antipodi.

Dalla vasta e dotta biblioteca di Stainton Moses e dei filosofi inglesi, vi porterò in mezzo a vergini foreste; dalla civiltà opulenta e nebbiosa della superba Londra andremo fra umili capanne, nascoste nei fianchi ubertosi di colline baciate dal sole e dall'oceano: dal nostro vecchio continente, percorrendo un diametro ideale, sbucheremo nelle terre incognite della Nuova Zelanda.

Ivi, esistono ancora i residui di un popolo ben meraviglioso: i maori.

In epoca antichissima, cacciate da invasioni e razzìe, molte famiglie indiane di Sumatra e di Giava salirono sopra le agili piroghe e si abbandonarono al vento e al destino, lungo l'immensità infinita dell'Oceano Pacifico.

I fuggiaschi, errando alla ventura, approdaron qua e là, alle isole della Sonda, della Nuova Guinea, dell'Australia, delle Nuove Ebridi, e a quelle di Samoa, che conosciamo sotto il nome di arcipelago dei Navigatori.

Da costoro, partirono ancora, in cerca di nuovo asilo, le famiglie che popolarono la Nuova Zelanda, un vero agglomerato d'isole e d'isolette, scoperto, poco più d'un secolo addietro, dal celebre capitano Cook.

Ecco dunque come, senza nessun contatto col resto del mondo, un popolo antichissimo potè conservare i costumi, le tradizioni storiche, la religione, le leggi, la mentalità stessa di epoche quasi favolose, che ci fanno risalire a tempi anteriori ai libri dei Veda, che ci riportano alla religione patriarcale dell'India sacra, all'aurora incerta della costituzione della casta sacerdotale braminica.

Abbiamo cioè, non già degli aridi papiri, dissepolti dalle arene d'Egitto o dalle rocce plutoniche di Hercolano, ma volumi viventi e operanti in masse organizzate di tribù; vale a dire che, in pieno secolo ventesimo, l'antropologo può esaminare ampiamente costumi e leggi, riti e credenze, letteratura e arti anteriori a Mosè.

Sarebbe come se, in un'isoletta perduta in non so quale zona inesplorata del mare Egeo, a un tratto si ritrovasse una popolazione che avesse conservato scrupolosamente i costumi ellenici dell'epoca di Solone e di Licurgo.

L'abate benedettino Felice Vaggioli, nella sua qualità di missionario, nel 1878, andò nelle isole della Nuova Zelanda, e vi rimase otto anni, raccogliendo, con diligenza acuta, intorno a quei popoli, un copioso materiale, che poi lucidamente ordinò in un volume di settecento pagine, edito nel 1891 dalla tipografia vescovile di Parma: volume che mi giunse per caso fra le mani, poiché non ricordo che mai la dotta critica si sia degnata di far menzione di tanta opera, che pur contiene veri tesori per gli studiosi d'antropologia.

L'abate Vaggioli fece soprattutto un lavoro diligentissimo di reportage, nulla trascurando di quanto giovasse a dare un'idea esatta e completa del suolo e de' suoi singolari abitatori che, oggi, la civiltà, mediante la guerra e l'alcoolismo, nello spietato spirito di prepotenza mercantile, ha quasi totalmente distrutti.

Anche per tal ragione, il volume dell'abate Vaggioli è una fortuna, e lo scienziato che ne farà l'esame, sotto l'aspetto etnico e storico, non perderà il suo tempo.

Orbene, in tal volume ho trovati due casi veramente strani e significanti di medianità.

Pensino i lettori che tali casi sono riferiti da un abate, il quale non ha nessuna idea degli esperimenti medianici, così che, secondo il suo carattere sacerdotale, naturalmente inclina a interpretarli con la stregoneria e l'intervento diabolico.

Dell'ignoranza del buon abate non mi sorprendo, né mi lagno: anzi, dico, è provvidenziale, perché garantisce il genuino candore del suo racconto. Egli, graziaddio, non è uno scettico professor di psicologia automatica, che voglia negare: egli non è uno spiritista, che voglia provare: dobbiamo quindi accertare in piena buona fede il suo racconto sincero, ché certo non era destinato a far parte di questi studi critici.

Ciò premesso, ricopio, dalle pagine dell'abate Vaggioli, la relazione dell'inglese Pakeha:
 Un altro fatto, del quale fui testimone oculare, avvenne in questo modo:
Un europeo, capitano di grossa nave, era fuggito con una giovane maora. I parenti di lei andarono dal sacerdote o tounga, presso del quale mi trovavo in quella circostanza, e gli chiesero la sua valevole assistenza, per riavere la fanciulla. Il capitano aveva salpato, dirigendosi verso un lontano paese. I parenti volevano che il Dio del maliardo riconducesse in porto il bastimento per poter riavere la fanciulla rapita. Lo stregone si arrese alle loro domande.
La notte, tutti si radunarono nella capanna ove colui usava fare le divinazioni. Tutti erano in aspettazione: io pure era presente. Verso la mezzanotte, udii lo spirito salutare i presenti ed essi salutarlo altresì come loro parente, e poi gli chiesero, con gravità, che volesse respingere indietro il bastimento che aveva rubato la sua cugina.
Dopo breve tempo, venne la risposta, in tono sibilante e cavernoso, dalla bocca dello stregone:
 Io farò andare in pezzi il naso della nave nel gran mare.
Tale risposta fu ripetuta più volte, e poi lo spirito si partì, né volle più essere chiamato.
Circa dieci giorni dopo, il bastimento rientrava nel porto. A trecentocinquanta chilometri da terra, la nave aveva incontrato una burrasca terribile, che le ruppe lo sperone di prua, per dove incominciò a far acqua. Lo sperone, in lingua maori, dicesi, ihu, ossia naso della nave. Il bastimento, in pericolo di perdersi, fu forzato a dirigersi verso il porto più vicino, ch'era appunto quello dal quale era salpato.
Non ci metto di mio né sal né olio: ma i lettori non hanno che da leggere un medium, dove fu scritto lo stregone, per ridurre il fenomeno alla sua verace natura. E passiamo al secondo caso, il quale riunisce tutti i caratteri d'una vera e propria seduta medianica.
Ricopio ancora dal libro dell'abate:
 Un giovane capo molto popolare era stato ucciso in guerra. A richiesta degli amici di lui, lo stregone promise di evocarne lo spirito, onde potessero parlargli. Essendo stato il giovane defunto mio grande amico, i parenti m'invitarono. Il morto era il primo indigeno che avesse imparato a leggere e scrivere, e teneva anche un registro in cui aveva notato le cose più importanti accadute nella tribù. Or questo libro s'era perduto: e benché si cercasse per ogni dove, fu impossibile ritrovarlo.
Eravamo presenti circa trenta persone. Si fece del fuoco nella capanna. Lo stregone si ritirò in un canto. Tutto era silenzio ad eccezione delle parenti del capo defunto, le quali singhiozzavano.
In tale stato, si passò molto tempo.
La porta era chiusa, il fuoco era quasi spento ed eravamo tutti seduti.
D'un tratto, si ode una voce:
 Saluto! saluto voi tutti! saluto, saluto voi, mia tribù! famiglia, vi saluto! amico, mio amico europeo, io ti saluto!
L'impostura riusciva. Le donne piangevano. Finalmente, il fratello del morto parlò:
 Come stai? sei tu bene, in quella nuova contrada?
La risposta non si fece aspettare:
 Io sto bene: la mia dimora è una buona dimora.

La voce che parlava non era quella dello stregone, ma una strana e malinconica voce, simile al rumore che farebbe il vento, entro un vaso bucato.

In questo punto, mi venne il pensiero che io avrei potuto smascherare l'impostura del maliardo, senza far mostra di mia incredulità e dissi:

Noi non possiamo trovare il vostro libro: ove l'avete voi nascosto?

La risposta venne subito:

Lo nascosi fra il tahuhu (travicello del comignolo) della mia capanna e la stoppia, appunto sotto il tetto, appena varcata la porta.

Qui, il fratello del morto uscì: e tutto fu silenzio fino al suo ritorno.

In cinque minuti, egli ritornò col libro nelle mani. Io ero vinto, ma feci un altro sforzo e chiesi: Che cosa avete scritto in quel libro?

Molte cose; quali volete?

Alcune.

Voi cercate alcune informazioni? che cosa volete sapere? ve lo dirò!

Indi, lo spirito improvvisamente:

Addio, tribù! addio, mia famiglia! io vado... Qui un grido generale d'addio uscì dalla bocca di tutti quelli ch'erano nella capanna.

Addio! gridò lo spirito dal fondo.

Addio! disse di nuovo dall'alto, nell'aria.

Addio! ancor una volta si sentì venire dalle tenebre lontane.

Ora, brevissimi commenti.

Nel primo caso, come fa talora John per bocca dell'Eusapia, lo spirito parlò con gli organi del medium: ma il secondo caso corrisponde esattamente ai fenomeni osservati dal gruppo di Stainton Moses e dal gruppo nostro. L'invisibile parla cioè con la voce sua, che nella Nuova Zelanda è sentita da trenta persone: a Londra da otto o nove: a Genova da sette: parla con voce velata, pur conservando il suo timbro speciale: una voce che appunto, con qualche analogia, nel volume dell'abate, vien paragonata a soffio di vento attraverso un vaso bucato.

Vi par possibile che tanto prodigiosa somiglianza di fenomeni, dalle sponde del Tamigi, alle spiagge del Tirreno, alle immensità dell'Oceano Pacifico, debba razionalmente condurre a sensazioni allucinatorie?

E per giunta: tra quei poveri maori creduloni, c'era l'incredulo: c'era anche là, agli antipodi, un buon e autentico Scipione Tacchetti.

Per quanto udisse al par degli altri la voce dello spirito, che pensa l'ottimo Scipione Tacchetti? Mo' piglio io lo stregone in caso flagrante d'impostura!

E che fa? Chiede maliziosamente allo spirito:

Dove hai nascosto il tuo libro?

E mi figuro i pensieri del furbo Tacchetti, mentre il fratello del morto, povero minchione, correva alla sua capanna.

Va, imbecille, idiota! fruga bene nel tahuhu... butta sossopra le stoppie e magari il tetto del tuo tugurio... cerca, cerca, imbecille allucinato: troverai un par di cavoli!

L'imbecille idiota torna trionfalmente col libro in mano, e allora Scipione, con tanto di naso, rimugina:

Eh! non me la dànno da bere... qui sotto, c'è il ditaccio del demonio!

DA VOLTAIRE A MAZZINI

Dopo aver sì a lungo parlato di sperimenti, di scienziati, quasi mantenendoci nei limiti angusti del positivismo, sarà pure permesso in ultimo spalancare le porte agli eroi del pensiero umano, i quali, senza essere né chimici, né fisici, né antropologi, né psicologi patentati, hanno pur ben diritto, mi pare, d'essere almeno pareggiati a un qualunque professore d'università.

Facile mi sarebbe, senza il concorso di nessuna Palladino, evocare una schiera infinita di sublimi ingegni, i quali hanno fermamente creduto nell'esistenza degli invisibili e nella possibilità loro di comunicar coi viventi: ma non risalirò a epoche involute di misticismo acuto, né a quelle irraggiate dall'umanesimo rinascente: non disturberò né Dante, né Marsilio Ficino, né Guglielmo Shakespeare. Evocherò solamente quattro nomi assai vicini a noi: quattro nomi che presentano un miscuglio ben bizzarro di atteggiamenti, di funzioni mentali, d'idealità.

Chiamerò cioè a deporre in giudizio i signori Arouet di Voltaire e Giuseppe Mazzini, Victorien Sardou e Victor Hugo.

Non c'è libero pensatore (titolo che conferisce spesso la libertà di non pensare a nulla) non c'è ateo prosuntuosetto che non s'inchini profondamente a Voltaire, come a maestro, ignorando certo che il signor di Voltaire era... un credente.

Il libero pensatore s'è limitato a leggicchiare qualche libello volterriano contro le pratiche superstiziose, contro le crudeli intolleranze ortodosse, contro mercimoni abbietti o simonie scandalose, ma ignora i pensieri profondi sgorgati dalla mente di Voltaire, intorno ai grandi misteri dell'inconoscibile.

L'ateo, fervente e cieco ammiratore di Voltaire, sarà ben sorpreso a sua volta nell'apprendere che il suo idolo, nel Mélange de philosophie, ha scritto queste brevi, ma eloquenti parole:

Coeli enarrant gloriam Dei. Io sarò sempre convinto che un orologio prova l'esistenza d'un orologiaio e che l'universo prova l'esistenza di Dio.

E nei Mélanges de littérature ha rincalzato l'argomento:

I fisici sono diventati gli araldi della Provvidenza: un catechista annuncia Dio a dei fanciulli e un Newton lo dimostra agli uomini saggi.

E appunto nei suoi Elementi di filosofia newtoniana, ritorna sul tema, con argomenti mirabili di logica.

Voi giudicate che io possiedo un'anima intelligente, perché constatate un ordine regolare nelle mie parole e nelle mie azioni: giudicate dunque, nell'osservare l'ordine dell'universo, che c'è uno Spirito di sovrana intelligenza.

Cari atei, carissimi liberi pensatori a scartamento ridotto, vediamo infine che cosa pensi il vostro venerato maestro intorno alla vita spirituale. Nel frammento De l'âme, egli ha scritto precisamente così:

Viviamo in pace: adoriamo il nostro Padre comune: voi con le vostre anime ardite e sapienti: noi con le anime nostre ignoranti e timide. Noi abbiamo soltanto un giorno da vivere, trascorriamolo dolcemente, senza leticare sopra difficoltà, che saranno schiarite nella vita immortale, che comincerà domani!

E ora che il grande filosofo razionalista s'è pronunciato, passiamo a un parallelo curioso, ma significante, tra un vivente e un morto, tra Victor Hugo e Sardou.

Ho voluto apposta mettere di fianco questi due nomi, perché rappresentano un vigoroso contrapposto.

Uno è un poeta, l'altro un prosatore: uno con volo d'aquila, quale non si vide mai più poderoso, si slancia nelle sfere più inaccessibili e sfida tutti gli abissi del mistero: l'altro invece, arguto e semplice, malizioso e geniale, rimane sempre terra terra, analizzatore fecondo di tutte le vanità, di tutte le brillanti e piccole miserie sociali: uno fa parlare terribilmente i Quattro venti dello Spirito; l'altro fa chiacchierare I nostri buoni villici.

Orbene: tanto la mente più vasta e profonda che abbia illuminato il decimonono secolo, sprigionando turbini d'idee, quanto il cervello acuto e tranquillo del commediografo abilissimo, che ha commosso e ha fatto ridere tutte le platee del mondo, credettero pienamente nei fenomeni medianici, e si professarono spiritisti convinti.

Due allucinati, dunque?

Allucinato un sommo poeta che ha riscaldato de' suoi pensieri michelangioleschi tutti i popoli civili, tutte le classi sociali; dagli umili, i quali han palpitato su Esmeralda, sui Miserabili, ai pensatori che hanno provato fremiti indescrivibili, imparando a mente le Orientali e la Leggenda dei secoli...

Oh, quanto è bello, a ogni modo, essere allucinati e chiamarsi Victor Hugo!

Capisco, però, quel che pensa il mio buon Scipione, incorreggibile:

Che cos'è poi un grande poeta, se non un gran fanciullo?

E sia: ma Victorien Sardou, il più furbo tra i manipolatori di drammi e commedie, non è, ne vorrete convenire, né potrebbe essere un fanciullone.

Orbene: che cosa scrive egli, nel novembre dell'anno scorso, a Jules Bois? Sentite:

Caro collega!

Fui dei primi a studiare lo spiritismo, e sono trascorsi ben cinquant'anni, per passare dall'incredulità alla sorpresa e dalla sorpresa alla convinzione. I fenomeni materiali, osservati nelle condizioni di esame più rigorose, e attestate dai dotti, non si possono più contestare. Impossibile di negare l'intervento di un'intelligenza estranea a quella degli sperimentatori, intelligenza che non è né la proiezione, né la risultante dei loro pensieri; è impossibile negare, in certi fenomeni, l'azione di esseri occulti, de' quali è difficile precisare la vera natura.

Ma come ammettere, senza coprirsi di ridicolo, che tali esseri non siano chimerici e che la nostra bella umanità non rappresenti l'ultima parola della creazione? Per evitare le satire della scienza ufficiale, e i sarcasmi delle persone di spirito, che sono spesso tanto imbecilli, si fanno sforzi inauditi con ipotesi pseudo scientifiche, che divertono assai colui che sa quel ch'io so, che ha visto quel che ho veduto, che ha fatto quel che ho fatto io.

Mi domandate se credo alle materializzazioni? Ma certo, perché ne ho ottenuto io, quand'ero medium, e aspetto ancora che mi si spieghi per quale forza psichica o per quale frode curiosissima di cui sarei, a un tempo, l'autore, il testimone e la vittima la mano d'un invisibile ha potuto dal soffitto, sotto i miei occhi lanciare sopra la mia scrivania un mazzo di rose bianche, che ho conservato mesi ed anni, finché non lo vidi ridursi in polvere.

Infine, la testimonianza di Giuseppe Mazzini è più che mai significante, poiché l'uomo eccelso il quale, con la forza del pensiero pratico e magico nel tempo stesso, ha tratto, da una terra di morti, una nazione giovane e viva di trenta milioni di esseri, scriveva in un'epoca nella quale nessuno ancora parlava di fenomeni spiritici.

Vero è che i due bellissimi volumi di Cesare Baudi di Vesme, tutti materiati di citazioni storiche, vi dimostrano che i fenomeni medianici, male adoperati o peggio interpretati, risalgono fino alla più remota antichità; ma è pure certo che l'attenzione del pubblico, e l'esame scientifico di essi, risale appena al 1846, quando, cioè, negli Stati Uniti d'America, a Hydesville, si manifestarono, con intensità straordinaria, nella famiglia di Davide Fox.

Ora, Mazzini esponeva le proprie convinzioni spirituali quasi dieci anni prima, cioè nel 1838, quando non esisteva nessuna nozione delle moderne comunicazioni col mondo invisibile.

Notate ancora: non si tratta già di scritti destinati alla pubblicità, ma di certe sue lettere di carattere intimissimo, quindi sgorgate dalle più riposte fibre, quindi riboccanti di sentimento individuale e di passione intensa e folgoreggianti di amor puro, santissimo, perché dirette a quella magnanima donna, che fu la marchesa Eleonora Curlo, madre dei fratelli Ruffini. In quella epoca, 1838, Giuseppe Mazzini, minacciato di morte, gemeva in esilio a Londra, vivendo insieme con Giovanni e Agostino Ruffini, dopo che Jacopo, nella torre di Genova, con grandezza di eroe shakespeariano, con un suicidio elevato all'altezza eroica di martirio, aveva suggellato col nobil sangue l'amor di patria e di libertà.

Orbene, vi riferirò pochi brani di queste lettere: ma meditateli parola per parola, e balzerà viva alla coscienza la sintesi più esatta di quelle dottrine che scaturiscono, splendide verità morali, dalle nostre affannose ricerche. Udite quanto scriveva colui che può ben dirsi l'uomo unico di Seneca.

 Noi non siamo che un pensiero religioso incarnato. Abbiamo una missione. Che importa se riesca o no? La vita non finisce quaggiù. E per una vita umana, che qui deve rompersi, vi è felicità possibile? La vita umana non è la felicità: la vita umana è il dovere. Il caso ci ha posto in un'epoca di disfacimento morale e di nessuna credenza: un'epoca uguale a quella in che Cristo moriva e la corruttela e l'individualismo erano come oggi al colmo e i primi cristiani morivano martiri e derisi. Ma trecento anni dopo, il Cristianesimo regnava ed emancipava gli schiavi.

In altra successiva lettera ha questo pensiero significantissimo:
 Questa nostra vita non è che l'infanzia di un'altra.

E ancora in altra lettera così mi rammenta le parole di Hugo: Les morts sont des invisibles, pas des absents:
 Questa nostra non è se non una frazione impercettibile dell'Esistenza: chi ne parte, si avvicina d'un passo al nostro miglioramento. La morte è un'assenza come il nostro esilio. Forse noi non ci vedremo più sulla terra; ma non ci rivedremo più mai? Se potessi ammettere un sol momento questo pensiero, non potrei vivere. Ma né io, né voi lo ammettiamo. La verità della nostra fede mi è balzata agli occhi nei momenti più solenni, i più terribili della vita; io so che ci rivedremo.
 Sapete che io ho creduto sempre che l'amore di quaggiù, quando dura fino al sepolcro, sia un preludio, un cominciamento, una preparazione.
 Voi, d'antico, guardate, come io guardo, la vita come una cosa divina, come una missione, non altro. Noi siamo esseri messi sulla terra, non per subirvi un'espiazione d'una colpa non nostra, ma forse l'espiazione di colpe commesse in un grado di vita anteriore, che or non ricordiamo, ma che un giorno ricorderemo.

Ecco infine ancora un brano di lettera in cui Mazzini precisa le sue convinzioni irremovibili:
 Tra i dogmi eterni, che riposano più o meno adombrati al fondo di tutte le religioni, quello della solidarietà del genere umano sta primo; quindi, se la catena che conduce tutte cose create a Dio, oggi interrotta ai nostri occhi, esiste, esiste pure, annodata per una serie d'anelli invisibili, la solidarietà degli esseri terrestri con gli esseri appartenenti ad altri stadi di vita, esseri che furono certo un giorno anch'essi terrestri!

Con queste elevate e singolari testimonianze, mi piace chiudere questo mio primo ciclo di studi, destinati, se non altro, a richiamare le menti illuminate e amanti della verità sopra quel complesso di sentimenti, di ricerche, di problemi, che a ragione il De Sismondi definiva: il primo fra gli interessi dell'umanità.